S. Pomej

Agathas Geist ermittelt

The Queen of Crime persönlich hat diesen Roman
aus dem Jenseits diktiert.

1. Kapitel: **Eine Dame verschwindet**

Für viele ist England ein Sehnsuchtsort, das Relikt
eines Imperiums, für Jonas Jericho stellte es nur einen
Fluchtpunkt dar. Nach einer zerbrochenen Liebe, von der
er dachte, es wäre diesmal die große, die für immer
hielte, befand er sich auf Urlaub hier. Vom geschäftigen
London zog es ihn in den Westen des Vereinigten
Königreiches. Laut Reiseprospekt Englands herrliche
Region, in welcher Druiden wild tanzten und sich
Mühlräder plätschernd drehten. Bisher hatte er zwar
keine tanzenden Druiden erspäht, doch die Gegend
zeigte sich tatsächlich von ihrer plätschernden Seite. Das
saftige Grün abseits der Bahntrasse tröstete ihn schwach
über den vielen Regen hinweg, der sich aus dunklen
Wolken vom Himmel herab ergoss. Aber von
irgendwoher musste ja das saftige Gras seine gesunde
Farbe beziehen...

Typisch, dachte Jonas wehmütig, ich will mich von trüben Gedanken ablenken, doch das trübe Wetter spiegelt exakt den Zustand meiner Seele wider.

Man kommt in einem Zug nur selten an einer Unterhaltung mit anderen Passagieren vorbei. Schon kurz nach der Abfahrt sprach ihn der ältere Herr neben ihm an, womöglich nur, um einfach durch ein wenig Smalltalk von der Eintönigkeit einer Bahnfahrt abzulenken.

"Sind Sie Deutscher?"

"Knapp daneben, ich komme aus Österreich, genauer gesagt aus Wien", gestand ihm Jonas und wandte sich vom Fenster zu ihm. Der Mann wirkte in seinem feinen dunklen Anzug mit der gestreiften Krawatte so, als würde er daheim seinen Rasen mit der Nagelschere maniküren. Seine Aussprache stand allerdings im Gegensatz dazu. "Sie sprechen Cockney, stimmt's?"

"Und Sie Ihr Schul-Englisch!" Die Augen des Herrn blitzten schelmisch. "Lassen Sie mich Ihren Beruf erraten, darin bin ich echt gut."

"Da bin ich mal gespannt."

"Mir kommen Sie vor wie einer, der gern seine Nase in fremde Angelegenheiten steckt, also entweder Privatdetektiv oder Journalist."

Der ertappte Gesichtsausdruck von Jonas gab dem Gentleman sichtlich Auftrieb, denn er grinste über das ganze Gesicht.

"Sie sind wirklich gut, wieso sehe ich aus, als stecke ich meine Nase gern in fremde Angelegenheiten? Ist sie zu groß?"

"Nein, aber ich habe immer einen ersten Eindruck von einem Menschen, dem ich persönlich begegne, der mich selten täuscht. Auf Fotos klappt das leider nicht. Muss wohl am Geruch liegen. Irgendwie riechen Sie nach Druckerschwärze. So wie ein tüchtiger Reporter!"

"Erstaunlich, wissen Sie auch, warum ich hier in Ihrem Land im Zug sitze?"

"Wahrscheinlich haben Sie sich mit dem Chefredakteur zerstritten...."

"Das nicht gerade, obwohl.... eigentlich sind wir meist unterschiedlicher Meinung über meine Artikel. Naja, jedenfalls habe ich mir eine Auszeit genommen und verbringe den Urlaub in good old England. Sie haben sicher eine große Familie hier?"

"Für einen Einzelgänger wäre das der vollkommen falsche Lebensentwurf. Zum Glück gibt es kein Gesetz, das einen Mann zur Sippengründung verpflichtet."

"Shocking!", entkam Jonas.

"Schockiert Sie diese Ansicht etwa wirklich?"

"Wenn einer vom Kontinent kommt und hört, dass ein Brite keine Familie hat, verstört ihn das etwas. Man hat aufgrund vieler Filme ein bestimmtes Bild von Ihren Landsleuten. Wie würden Sie selbst diese beschreiben?

"Eine pluralistische Gesellschaft wie unsere besteht. aus Klugen und Dummen, aus Gebildeten, Halb- und Ungebildeten, aus Mitdenkenden und Gedankenlosen, aus Kritischen und Unkritischen, aus Eigenständigen und Mitläufern, aus Optimisten und Pessimisten, aus Realisten und Phantasten."

"Eine erschöpfende Auskunft. Ist Ihnen daheim nicht langweilig so ganz alleine?"

"Also, wenn Sie wüssten, was ich so alles erlebe, dann würden sie den Kopf so verdrehen wie die Besessene aus dem Film *Der Exorzist!*"

"Das interessiert mich, können Sie eine Story zum Besten geben, damit ich sie eventuell veröffentlichen kann?"

"Werter Mitreisender, ich bin ja gewiss vieles, aber bestimmt nicht Ihr persönlicher Bespaßer oder gar Informant. Haben Sie denn keine eigene Familie, deren Tragödien Sie publik machen können?"

"Ach, ich bin eben frisch getrennt und empfinde noch großen Liebeskummer. Das fühlt sich so an, als tropfe Kleister durch meine Seele, an dem alle Erinnerungen schöner Momente mit meiner Ex-Verlobten haften, die sich mit dem Abstreifen des Ringes nicht entfernen ließen."

Der Mann neben ihm nickte. "Erfände jemand einen Love Remover, er würde in kürzester Frist zum Millionär."

Seufzend setzte Jonas nach: "Und er würde ganz nebenbei auch vielen den Schmerz nehmen."

"Wenn Sie meinen Rat annehmen - in dieser Causa kostenlos - dann treten Sie einem Club bei. Egal ob Golf- oder Schach-Club, es wird Sie von Ihrem Liebeskummer ablenken, wenn Sie neue Freundschaften schließen. Oder schreiben Sie einen Song über Ihr Herzeleid und werden auch zum Millionär."

"Sie haben wirklich geniale Einfälle. Wissen Sie vielleicht auch wie man es anstellt, einen Urlaub mit einem journalistischen Erfolgstrip zu verbinden?"

"Ich durfte zwar die teuersten Privatschulen besuchen, dennoch bin ich nicht allwissend."

"Waren Sie auch in einem Internat? Der Schriftsteller Roald Dahl hat in einem Interview gestanden, dass er für Oberschüler den Toilettensitz vorwärmen musste", erinnerte sich Jonas.

"Glauben Sie mir, ich musste noch ganz andere Dinge tun", versicherte ihm der feine Herr, wobei er eine säuerliche Miene aufsetzte.

"Das interessiert mich! Welche Dinge denn?"

Mit einem leichten Ruck hielt der Zug an und unterbrach den lockeren Unterhaltungsfluss, der gerade hochinteressant zu werden versprach.

"Bedauerlicherweise muss ich jetzt aussteigen", verkündete der soignierte Gentleman und steckte ihm seine Visitenkarte zu, auf welcher in goldener Schrift seine Daten gedruckt standen. "Wenn Sie einen guten Anwalt brauchen, dann dürfen Sie sich gern bei mir melden!"

"Vielen Dank, Mister-" Rasch guckte er auf den Namen. "Burgess!"

Der Zug leerte sich und nur eine Passagierin stieg zu: eine ältliche Lady in einem sehr altmodernen Outfit mit Hut, eingehüllt in eine Wolke aus Lavendelparfüm. Den kurzen Aufenthalt in diesem Bahnhof nutzte Jonas nicht nur, um sich am Bahnsteig die Beine zu vertreten, sondern auch um sich von seinen legeren Reiseklamotten in der Herrentoilette zu befreien. Er tauschte sie kurzerhand gegen einen schwarzen Anzug. Getreu dem Rat seines Vaters, wonach man mit einem solchen Anzug stets passend gekleidet sei, egal ob man damit bei einer Hochzeit tanzte oder bei einer Beerdigung trauerte. Der Himmel hatte mittlerweile seine regenreiche Trauer beendet und aufgeklart.

Zurück im Zug, setzte sich Jonas wieder an seinen Platz und die zugestiegene Passagierin setzte sich neben ihn, obwohl noch viele Plätze verfügbar waren. Das fand er zwar merkwürdig, doch alte Damen suchten ja oft das Gespräch mit fremden Leuten, vornehmlich in Zügen.

Zuerst fiel ihm ihr federngeschmückter Hut auf, unter dem listige Augen über einem verschmitzten Lächeln hervorlugten. Einem frech nach Futter bettelnden

Sperling gleich, starrte die ältere Dame ihm direkt ins Gesicht, worauf er sich zu einer Banalität verstieg.

"Verreisen Sie öfters mit dem Zug?"

"Immer, wenn es mir in meinem Sarg zu eng wird!"

"Haha, der war guuut!"

Kaum hatte der Zug seine Fahrt wieder aufgenommen und sein einschläfernd rhythmisches Zuckeln erreicht, begann sich die witzige Dame neugierig für Jonas' bisherige Reiseerlebnisse zu interessieren.

"Hatten Sie Freude an Ihrem Londonaufenthalt?", erkundigte sie sich mit heiserer Stimme.

"Oh ja, wenn man so wie ich aus der größten Kleinstadt der Welt, nämlich Wien, stammt, dann ist man von der Größe der englischen Hauptstadt richtig erschlagen. Woher wissen Sie eigentlich, dass ich in London war?"

"Ach, das seh ich mit meinem dritten Auge!"

Auf Jonas' kritischen Blick hin schob sie schelmisch lächelnd nach: "Sie fielen mir auf, als ich durch Whitechapel spazierte."

"Mich verwunderte ja kolossal, dass dieses einst verruchte Ostlondoner Armenviertel, in dem damals Jack the Ripper sein Unwesen trieb, so modern und gar nicht mehr düster erscheint. Ein Luxusneubau reiht sich neben den andern, wo er einstmals seine Blutspur zog."

"Dieser Serienmörder ist mir kein Unbekannter. Den kenne ich mittlerweile."

Komisch, dachte er mit gekräuselter Stirn, woher kennt sie ihn, aus Büchern, TV-Berichten, Hollywoodfilmen? So alt, ihn noch persönlich getroffen zu haben, kann sie ja doch nicht sein, oder ist das wieder nur ihr schräger Humor?

"Düster scheint mir auch Ihre Laune, junger Mann."

"Es ist bald Herbst und ich habe mich kürzlich entliebt..." Melancholisch senkte er den Blick.

"Immerhin stehen Sie noch nicht im Herbst Ihres Lebens", tröstete sie ihn. "Da können Sie noch hoffen."

"Stimmt, mit knapp 40 bin ich am Höhepunkt meines Schaffens!" Erfreut hob er den Kopf wieder.

Und Sie dachten, eine Reise durch good old England kann Ihnen über Ihr Stimmungstief hinweghelfen?"

"Hübsch formuliert."

"Ich lebte lange Zeit von hübschen Formulierungen."

"Und ich rang um die richtigen Worte, um meine Exfreundin zum Bleiben zu überreden, doch mir fielen sie nicht ein ... sie entschwebte..." Mit einer schwungvollen Geste unterstrich er diesen Satz.

"Wäre ich noch als Schriftstellerin aktiv, hätte ich Ihr Leid ähnlich niedergeschrieben."

"Ach, Sie sind Schriftstellerin gewesen und haben sich schon zur Ruhe gesetzt? Aber in dem Beruf kann man doch noch über das Rentenalter hinaus werken."

"Schon, nur musste ich biologisch bedingt die Dimension wechseln."

Mit diesem kryptischen Satz konnte er nicht viel anfangen. "Was Sie nicht sagen... Was haben Sie denn so fabriziert?"

"Kriminalromane, die hohe Kunst des Tötens auf dem Papier, wobei meine Leser stets mitraten konnten, wer der Mörder oder die Mörderin denn nun gewesen sei..."

"Aha, das Who-done-it, wenn ich richtig verstehe. Funktioniert ja auch heute noch."

"Weil die Gefühle der Menschen bei einem Mord noch immer dieselben Motive bilden", belehrte sie ihn. "Gemordet wird immer werden. Wobei Geschäftsinteressen, persönliche Befindlichkeiten und andere niedere Motive wie Rache und Geldgier eine wichtige Rolle spielen."

"Der Mensch ist eben eine Bestie", stellte Jonas fest.

"Urteilen Sie nicht zu hart, denn SIE gehören doch auch zur Menschheitsfamilie."

"Naja, aber ich werde sicher keinen Mord begehen, ja nicht einmal in die Nähe eines Mörders kommen", behauptete Jonas mit apodiktischer Sicherheit.

"Nanana, junger Mann, ich bin zwar keine Hellseherin, aber Sie werden bald in eine Sache hineingezogen, bei der GPS eine Schlüsselrolle zukommt."

An wen erinnert mich die seltsame Alte bloß, grübelte Jonas vor sich hin, was meint sie mit der Rolle des Global Positioning Systems? "Jaja, durch die Technik macht das Reisen von Ort zu Ort gleich viel mehr Spaß."

"Reisen ist viel mehr als nur eine Bewegung durch die Landschaft. Manche suchen Abwechslung von ihrem öden Alltagsleben, manche suchen sich selbst und manche sind auf der Suche nach Abenteuern und Begegnung mit anderen Leuten ihrer Art."

"Man merkt, dass Sie Schriftstellerin sind, so treffend alles auf den Punkt gebracht", lobte er sie. "Und Ihr Beweggrund ist die Abwechslung?"

"Kann man so sagen, denn mich selbst fand ich schon vor geraumer Zeit und Abenteuer habe ich auch schon reichlich erlebt!"

Der Zug hielt ruckartig an und er guckte kurz aus dem Fenster, um nach dem Grund zu sehen.

Eine männliche Stimme fragte: "Wollten Sie nicht hier aussteigen, Sir? Wir sind in Stoke-on-Stove!"

Tatsächlich, das Städtchen versteckte sich zwischen sanften Hügeln im Westen Englands, von seinem Sitzplatz aus schon als Provinzort zu erkennen. Als

Jonas seinen Kopf wieder vom Fenster wegdrehte, stand der Schaffner neben ihm und die alte Dame schien sich in Luft aufgelöst zu haben. Auch von ihrem intensiven Parfüm war nichts mehr zu riechen.

"Oh, wie schnell alte Damen verschwinden können", bemerkte Jonas und erhob sich.

"Was meinen Sie?" Der Schaffner sah ihn mit großen Augen an, so als hätte Jonas Fleckfieber.

"Vorhin saß doch noch eine alte Dame mit Hut neben mir."

"Ich habe nur einen Herrn neben Ihnen gesehen, welcher allerdings schon vorige Station den Zug verlassen hat", berichtete ihm der Schaffner.

"Tja, dann muss ich wohl geträumt haben..." Enttäuscht holte er seinen Koffertrolley von der Hutablage.

"So wird es gewesen sein! Schönen Aufenthalt noch, Sir!"

Auf dem Bahnsteig des winzigen Bahnhofs, der die Reisenden offenbar schnell in die Landschaft hinaus locken sollte, kramte Jonas sein Smartphone aus seiner hinteren Hosentasche. Es hatte die Reise auch ohne Beschwerden überstanden, und so rief er seine Großmutter in Wien an.

"Hallo Oma, wie geht es dir so ohne mich?"

"Glänzend, ich esse gerade überfahrene Kartoffel! Pass du nur auf, dass du nicht unter die Räder kommst, mein Junge!"

"Glaubst du eigentlich an Geister, Oma?"

"Bist du in einem Spukschloß untergetaucht?"

"Nein, eine Geisterlady hat sich im Zug neben mich gesetzt, das heißt, ich habe von einer solchen sehr lebhaft geträumt. Ich hätte schwören können, sie wäre real gewesen. Sogar ihr Parfüm roch ich ganz deutlich. Aber meiner geistigen Gesundheit zuliebe muss ich annehmen, dass ich das alles nur geträumt habe. Jedenfalls war sie plötzlich weg."

"Das erinnert mich an einen Hitchcockfilm mit dem Titel... Mir fällt der Titel nicht ein, moment..."

Jetzt zieht sie das Telefonat wieder in die Länge und ist beleidigt, wenn ich sie abwürge, dachte Jonas enerviert.

"Jetzt hab ich's: Die Fremde im Zug."

"Jaja, genau!", stimmte er ihr zu, obwohl er daran zweifelte.

"Hat sie dir verraten, wer sie ist?"

"Nur, dass sie früher Kriminalromane schrieb."

"Junge, du wirst dich doch nicht von meiner Vorliebe für Agatha Christie anstecken haben lassen? Erinnerst du dich noch an die Schwarz-Weiß-Filme mit Margaret Rutherford als Miss Marple?"

"Wie könnte ich diese amüsanten Krimi-Komödien jemals vergessen. Oma, ich mach mich jetzt auf in mein Hotel. Wir hören uns wieder!"

Beim Anblick der grünen, im morgendlichen Sonnenschein friedlich vor ihm liegenden Landschaft von Somerset kam zum ersten Mal so etwas wie Erholung in ihm auf. Frohgemut marschierte er mit seinem leichten Gepäck zu dem einzigen Taxi vor dem Bahnhof, um sich zu seiner online gewählten Bleibe - dem Stokes-Inn - chauffieren zu lassen.

Das kleine, aber feine Hotel präsentierte sich genauso wie in den üblichen Prospekten, in welchen die Gegend immer so schön gefotoshopped wurde, dass man sie in der Realität gar nicht erkannte. Hier stimmte alles. Auch die Hotelbesitzerin Mrs. Phelps, eine rüstige Dame im Tweed-Kostüm mit turmähnlicher Frisur, lächelte ihn so freundlich wie in dem Reiseprospekt an, welcher einen unvergesslichen Aufenthalt versprach.

"Herzlich willkommen, Mr. Jericho. Ihr Zimmer ist bereits fertig, von mir persönlich für Sie vorbereitet. Leider befindet sich der Vormieter noch oben. Ich glaube, er will noch ein Selfie schießen. Ihr Schlüssel steckt, Zimmer Nummer 13. Sie sind hoffentlich nicht abergläubisch?", erkundigte sich die drollige Dame, während er das übliche Anmeldeformular ausfüllte.

"Nicht im Mindesten", log er überzeugend.

"Der Page ist leider noch nicht aufgetaucht. Soll ich Ihr Gepäck hinaufbefördern?", fragte sie ängstlich, er könnte bejahen.

"Aber nicht doch, ich sehe es als sportliche Betätigung." Mit Verve begab er sich samt seinem Trolley nach oben.

Dort angekommen, fand er die Zimmertür 13 weit offen, daneben einen großen Rucksack und - als er eintrat - im Zimmer den Vormieter. Ohne von Jonas Notiz zu nehmen wieselte der junge Mann herum, offenbar auf der intensiven Suche nach irgendetwas.

"Kann ich Ihnen helfen?", fragte Jonas und kam näher.

Der junge Mann, der zu ausgefransten Jeans und schmutzigen Sneakern ein grünes T-Shirt mit dem Schriftzug *Rory Gallagher* trug, guckte kurz zu ihm, ehe er weiter herumsuchte.

"Sind Sie Deutscher?", erkundigte er sich bei Jonas beiläufig.

"Sie sind schon der Zweite, der mich für einen Deutschen hält. Aber das macht nichts. Und nein, ich komme aus Österreich, Austria, genauer gesagt aus Wien, der Hauptstadt."

Plötzlich begann der Bursche Deutsch zu sprechen: "Ah, Wien, dort war ich immer so hoch wie ein Kirchturm."

"Was? Sie sind auf den Stephansdom geklettert?"

"Nein, wenn ich trinke, dann klettere ich nicht!"

Da begriff Jonas, dass es sich nur um eine Redewendung gehandelt hatte, die der Junge falsch übersetzte. "Sie meinen, Sie waren immer stockbesoffen?"

"Ja, so kann man sprechen", säuselte er und kroch unter das Bett. "Die Leute dort nannten mich fett, dabei wiege ich nur 60 Kilo!"

"Mit FETT meinen die Leute bei uns betrunken."

Mühsam kam er unter dem Bett wieder hervor, an seinen längeren, braunen Haaren baumelte eine Wollmaus. "Ich wusste das nicht und erwachte nachher mit Blutgeschmack im Mund."

"Dann sollten Sie mit dem Trinken aufhören", riet ihm Jonas und erspähte eine ungeöffnete Bierdose in einer Ecke auf dem Fensterbrett.

"Da höre ich eher mit dem Kämpfen auf."

Jonas strich die Gardine beiseite, griff sich die Dose und hielt sie ihm unter die Nase. "Suchen Sie vielleicht Ihren Proviant an Promille?"

"Yep, dankeschön!" Erfreut nahm er seine Dose und packte sie in den Rucksack.

Ein Jammer, dachte sich Jonas, so jung und leidet schon unter Alkoholdemenz. "Dann wünsche ich Ihnen gute Reise, wo geht sie denn hin?"

"Wer? Ach, die Reise? Zurück in meine Heimat Irland. Mir fehlt schon der gute Whiskey, wir Iren haben nämlich den Key, also den Schlüssel zum Whiskey-Machen, verstehen Sie?"

"Total!"

Mit einer lässigen Bewegung hing er sich seinen Rucksack um und grinste. "Wenn Sie mal nach Dublin kommen, besuchen Sie mich, Paddy McInnes!"

"Mach ich!" Tsiss, der ist dort scheinbar so amtsbekannt, dass er gar nicht mehr seine Adresse nennen muss, wunderte sich Jonas.

Noch ehe er auspacken konnte, tauchte Mrs. Phelps mit einem Tablett auf. "Hier, mein Lieber, bringe ich Ihnen noch ein spätes Wiener Frühstück als kleinen Willkommensgruß. Gäste aus Österreich beherberge ich sonst leider selten."

"Ich werde Werbung für Ihr Haus machen, sobald ich wieder daheim bin", versprach Jonas und nahm ihr das Tablett ab.

"Das höre ich gerne, kann ich sonst noch etwas für Sie tun?"

"Danke nein, außer mir noch etwas über die Stadtgeschichte erzählen. Sind hierorts große Männer geboren worden?"

"Nur Pallas Athene entsprang in voller Rüstung Zeus Kopf, alle anderen kamen als Säuglinge auf die Welt und mussten sich erst das Rüstzeug aneignen, guten Appetit!" Schnell huschte sie aus dem Zimmer und zog geräuschvoll die Türe zu, wodurch die Fenster schepperten.

Der Wiener Kaffee stellte sich als mit Kaffeearoma parfümierte verwässerte Milch heraus - einen solchen Kaffee hätte seine Oma als Sockenwasser bezeichnet -, das Croissant als vom Vortag übriggeblieben und die Erdbeermarmelade als Kirschsoße, aber immerhin stillte alles Jonas' Hunger ohne Aufpreis. Er nahm sich trotzdem vor, der liebenswürdigen Dame mitzuteilen, ihm nächstes Mal lieber den herrlichen Englischen Tee Earl Grey zu servieren.

Nachdem er seinen Trolley ausgepackt hatte, guckte er unter das Bett, um sich von der Sauberkeit dort zu überzeugen. Da fiel ihm eine Zeitung auf, die sich *Stokes-News* nannte. Flugs holte er sie hervor, setzte sich damit auf die Bettkante und blieb sofort an der Schlagzeile PROMINENTER BÜRGER ERMORDET hängen. Der Leitartikel verriet den Mord an einem gewissen Gene Patrick Simmons und das Foto zwischen den Spalten zeigte den Toten scheinbar an seinem Lebenshöhepunkt. Es hätte auch Werbung für eine Zahnpasta oder ein Bleaching sein können: ein breit lachendes, urlaubsgebräuntes, von schwarzem Haar umrahmtes Gesicht, aus dem strahlendweiße Zähne blitzten. Jonas blickte auf das Datum und stellte fest, dass die Zeitung vom Vortag stammte. Die Spuren in dem Mordfall mussten noch frisch sein, Die alte Leidenschaft, mit der er vor einigen Jahren als Polizeireporter in Gerichtssälen und an diversen Tatorten herumschnüffelte, erwachte wieder in ihm. Es juckte ihn in den Fingern, dem örtlichen Revier einen Besuch abzustatten. Mit dieser fixen Idee sperrte er sein Zimmer ab und überlegte sich schon einen Text für den ermittelnden Inspektor.

Zwei Stufen auf einmal nehmend lief er die Treppe hinunter und wäre beinahe über zwei spielende Kinder gestolpert, die ihm in die Quere kamen.

"UÄÄÄH!", schrie das eine Kind, welches offenbar ein Junge mit kurzgeschnittenem Haar und Latzhose war. Die abstehenden Ohren erinnerten Jonas an ein Taxi mit offenen Türen.

"WHOOO!", machte das andre Kind, welches noch kürzere Haare und Bermudas trug. Darüber ein Shirt mit dem Aufdruck *Jeffrey-Dahmer-Fanclub*.

"Könntet ihr etwas leiser sein, ihr kleinen Terroristen? Das ist hier kein Spielplatz!", rief sie Jonas zur Ordnung, worauf sie ihm unisono ihre Zungen zeigten.

Davon unbeeindruckt ging er weiter und fand Mrs. Phelps in der Rezeption über ein Buch gebeugt vor.

"Darf ich fragen, was Sie da lesen?", fragte er mehr höflichkeitshalber. Es schickte sich immer, der Hotelbesitzerin Aufmerksamkeit zu schenken, denn das machte sich dann in bevorzugter Behandlung sowie größeren Portionen beim Essen bemerkbar.

"Einen Thriller eines amerikanischen Autors", antwortete sie und zeigte ihm das Cover. "Bekam ich von meinem Neffen geschenkt."

Jonas erkannte eine ihm vertraute Gruselgrafik mit einer schreienden Platinblonden, die ein paar Männerhände an ihrem Hals abzuwehren versuchte. "Oh, das Machwerk musste ich rezensieren. Und zwar mit fünf Sternen, weil der Chefredakteur vom Verlag einen entsprechenden Obulus erhielt."

"Ach, sooo läuft das?", fragte sie desillusioniert dreinblickend.

"Leider. Mir hat das Wenige, was ich darin las, überhaupt nicht gefallen. Der Schreiberling macht darin Ortsangaben wie 'zwei Blocks die Straße runter' und Personsbeschreibungen wie 'er hatte eine Visage, in die man furzen wollte', nein danke. Aber ich will Ihnen nicht die Leselust verderben."

Ihr Gesicht verriet ihm allerdings, dass ihm das bereits gelungen war. "Hm, und wie finden Sie es hier bei uns?"

"Wunderbar", beeilte er sich zu betonen. "Die Landschaft ist so wunderbar! Man muss sich beherrschen, um nicht sentimental zu werden!"

"Ich meinte eher mein Hotel."

"Oh, das ist natürlich auch ganz wunderbar!" Mit einer gekünstelt wirkenden Handbewegung legte er ihr seinen Zimmerschlüssel hin. "Ich möchte zuerst das örtliche Polizeirevier besuchen, wie komme ich am schnellsten dorthin?"

"Indem Sie eine Straftat begehen! Haha, ein kleiner Scherz. Hier haben Sie einen Stadtplan, das Revier und einige Sehenswürdigkeiten sind markiert!"

Erfreut nahm er den Plan entgegen und empfahl sich, heimlich hoffend, hier das Abenteuer seines Lebens beim Klären des Mordfalles erleben zu können.

2. Kapitel: **Die Spürnase wird aktivert**

Nach so ominösen Hinweisen über den Mord an einem honorigen Mitbürger dieser kleinen Gemeinde, beschloss Jonas mit seinem gezückten Journalistenausweis, das zuständige Polizeirevier aufzusuchen und um genauere Auskünfte zu bitten. Natürlich teilte man ihm dort mit, dass ein solch wichtiger Fall nicht von einem Kleinstadt-Kriminalbüro gelöst werden könne, sondern von den Kollegen der nächstgelegenen Großstadt Taunton, die auch der Verwaltungssitz der Grafschaft Somerset war. Dorthin begab sich Jonas voller Hoffnung im Zug, welcher in wieder durch reizvolle und teils unberührte Landschaft schaukelte. Die Hoffnung verlor er allerdings, als er dem verantwortlichen Kriminalbeamten in dessen Büro gegenüberstand.

"Nein, wirklich nicht", lehnte der junge Inspektor, dessen Namensschild auf seinem mit wenig persönlichem Krimskrams verzierten Schreibtisch als Connor Tamzin auswies, entschieden ab, "wir geben grundsätzlich keine Details eines Mordfalles an Journalisten weiter, schon gar nicht an solche, die vom Kontinent zu uns kommen."

"Oh, aber ich könnte Ihnen sicher nützliche Hinweise zum Täter verschaffen, die Ihnen als Polizist keiner erzählt. Einem Journalisten gegenüber sind die meisten Verdächtigen offener und unvorsichtiger." Nun vermeinte er ein kleines Zucken des linken Oberlides seines sonst ungerührten Gegenübers wahrzunehmen.

"Glauben Sie mir, ich lernte mein Handwerk von der Pike auf, und bestimmt nicht durch das Konsumieren zweitklassiger amerikanischer Krimis", raunte ihm Tamzin zu.

"Also in Wien konnte ich schon einmal mithelfen, einen komplizierten Mordfall zu klären." Er ließ es ein wenig prahlerisch klingen, um Eindruck zu schinden. Allerdings konnte er sich nicht vorstellen, einem Mann viel Eindruck abnötigen zu können, der auf seinem Schreibtisch eine Schneekugel mit dem Buckingham Palace darin stehen hatte.

"Ist sonst noch was?"

"Wer kann es gewesen sein?", fragte Jonas mehr rhetorisch.

"Johnny Workingclass bestimmt nicht."

"Wir sollten ein Brainstorming machen, Inspektor!"

"Ich verzichte leichten Herzens auf Ihre Hilfe, Mister! Bisher konnte ich meine Arbeit im Alleingang schaffen!" Demonstrativ krempelte er sich die Ärmel seines blütenweißen Hemdes dabei hoch. "Es steht Ihnen frei, sich in den Tageszeitungen über den Stand der Dinge zu informieren, um dann eigene Ermittlungen anzustellen. Sollten Sie mir dabei irgendwie hinderlich sein, zögere ich nicht, Sie auszuweisen!"

Mit einer weit ausholenden Geste verwies er ihn seines kleinen Büros, in dem sich Aktenberge auf zwei Schreibtischen stapelten und es stark nach Curry roch. Vermutlich bewahrte Tamzin sein Mittagessen in einer Schublade seines Schreibtisches auf, vermutete Jonas naserümpfend.

"Manche haben eine Weltsicht, die sich mit der Realität schwer verträgt", murmelte Jonas mürrisch und ziemlich enttäuscht bei seinem Abgang. Dass es mit meiner Hilfe schneller ginge, den Mörder dingfest zu machen, wird dem eingebildeten Geck noch klarwerden, dachte er insgeheim. Draußen am Flur hob er noch eine Visitenkarte des abweisenden Inspektors auf und steckte sie ein. Wer mochte die wohl weggeworfen haben und warum?

Früher klebte Jonas seine erhaltenen Visitenkarten in sein Tagebuch ein, mit entsprechenden Bemerkungen. Für Tamzins Karte nahm er sich fix vor, einen Bericht zu schreiben, über arrogante englische Polizeibeamte, die Touristen die Stimmung verdarben!

In den anderen Zeitungen, wie MIRROR oder *The Sun*, die Jonas aus dem Altpapier-Container vor dem Revier fischte, stand nur, dass der wohlhabende Mitbürger der Gemeinde Stoke-on-Stove erstochen an Bord seiner Jacht im Hafen gefunden worden war. Dass er außerdem eine Vorliebe für Partys und andere gesellschaftliche Vergnügungen teilte und manchmal großherzig für wohltätige Zwecke spendete.

Aus diesen spärlichen Informationen schloss Jonas, dass der Ermordete ein reicher Lebemann gewesen sein musste, der ab und an einen Anteil seines Reichtums an weniger Glückliche verteilte und auf seiner Jacht sicher auch viele Partys gefeiert hatte, woraufhin es auf diesem Schiff von Spuren nur so wimmeln musste. Es sei denn, der Täter oder die Täterin hätte sich die Mühe gemacht, alles akribisch zu reinigen, was auf einem Boot, welches von Salzwasser umgeben war, sehr einfach schien. Dann wäre von dem reichen Leichnam nur ein Kreideumriss auf seiner Jacht übriggeblieben.

Von seinem Hotelfenster aus beobachtete Jonas das gemächliche Treiben auf der Straße und hielt die

Passanten allesamt für potentiell Verdächtige. Doch dieser Generalverdacht würde ihn nicht weiterbringen.

Leises Klopfen, wie aus weiter Ferne, unterbrach seine irrlichternden Gedanken.

"Herein!"

Anstatt einer Person in der sich öffnenden Hotelzimmertür erschien die ihm wohlbekannte Geisterdame aus dem Zug in seinem Zimmer, bewegte sich durch die Möbel hindurch, umschwebt von einer Wolke Lavendelparfüm.

Das Gefühl einem Geist zu begegnen überwältigte ihn nicht so sehr, wenn sich seine Nackenhärchen auch etwas sträubten. Denn diese Dame schien ja gutmütig, ihm wohlwollend gesinnt zu sein. Der rationale Teil seines Unterbewusstseins funkte: Vor allem könnte es sich als sehr nützlich erweisen, einen Geist an seiner Seite zu wissen. Der emotionale Teil davon warnte: Das wird sich erst herausstellen!

"Schön, Sie wiederzutreffen! Wie darf ich Sie ansprechen? Miss Agatha oder Mrs. Christie?" Agatha - dieser Name bedeutete 'die Gute', wusste Jonas noch aus dem Gymnasium.

"Einigen wir uns auf Mrs. Christie!"

"Sehr erfreut, mein Name ist Jonas und ich trage mich mit dem Gedanken, hier ein ungeklärtes Verbrechen aufzuklären.

"Bravo!", lobte sie ihn. "Wenn es mir möglich ist, werde ich Ihnen einige Tipps dazu geben."

"Die kann ich gebrauchen! Es ist nämlich ausgesprochen hinderlich für meine Ermittlungen, dass mir der zuständige sture Polizeiinspektor keinen Einblick in die Akten gewährt, ich also auf Zeitungsberichte und Hörensagen angewiesen bin."

"Daran müssen Sie sich gewöhnen, dass die Polizei sich nicht gern in die Karten schauen lässt. Da könnte ja jeder kommen, sogar der Mörder persönlich!"

"Stimmt! Aber wie soll ich ohne Blick auf ein Polizeifoto des Opfers am Tatort die richtigen Schlussfolgerungen ziehen können?"

"Nun, es ist nicht zwingend notwendig, das Opfer oder den Tatort zu sehen, um sich mit logischem Denkvermögen dem Täter oder der Täterin annähern zu können", belehrte ihn die hilfsbereite Geisterlady.

"Sie meinen, wenn unser Mann auf seinem Boot ermordet wurde, kann man einen Verdächtigen mit Seekrankheit ausschließen?"

"Nein, denn gegen Seekrankheit gibt es längst wirksame Medikamente. Ich meinte, man kommt auch in Gesprächen mit Verdächtigen und ihrem Gehabe auf die richtige Spur."

"Ich weiß, was ich jetzt tue: ich statte dem örtlichen Pub einen Besuch ab, dort erfahre ich sicher einiges, was zur Lösung des Falles beitragen kann."

"Prost", ermunterte ihn Agatha und löste sich in Luft auf.

"Also daran muss ich mich auch erst gewöhnen!", sagte er sich und verließ sein Zimmer im Eiltempo.

Auf seinem gemächlichen Weg zum Pub traf er einen offensichtlich Obdachlosen, der mit grauem Bart, wehendem Militärmantel und abgewetzten Schuhen gramgebeugt auf ihn zusteuerte, wobei er einladend die Hand aufhielt. In Urlaubslaune holte Jonas einen Fünfer aus seiner Jackentasche und steckte ihm das Geld zu.

"Danke, kann ich Ihnen irgendwie behilflich sein?", fragte der Bärtige, wobei er den Obulus in seiner schmutzigen Hose verschwinden ließ. "Sie sind nicht von hier!"

Die feine Nase von Jonas erschnüffelte Alkohol im Atem des Gegenübers. "Nun ja, was wissen Sie über einen prominenten Mitbürger namens Gene Patrick Simmons?"

"Dass er tot ist!", entgegnete ihm der Obdachlose wie aus der Pistole geschossen.

"Und als er noch lebte, hat er Ihnen da etwas spendiert?"

Die Augen des abgehalfterten Mannes wanderten ins Leere. "Kann mich manchmal nicht erinnern. Kann sein, kann auch nicht sein."

"Wissen Sie noch wie er ausgesehen hat?"

"Ja, er war sehr männlich...." Bei der Auskunft starrte er knapp an Jonas vorbei.

Etwas verunsichert drehte sich Jonas kurz um, doch hinter ihm zeigte sich die Straße menschenleer. Dann sah er wieder zu dem ungepflegten Mann. "Wissen Sie noch, wann Sie ihn zum letzten Mal gesehen haben?"

"Habe ihn schon ewig lang nicht gesehen, den Bürgermeister."

"Ach, Mr. Simmons war Bürgermeister?"

"Wer ist Mr. Simmons?"

"Na, Ihr prominente Mitbürger, der leider tot ist."

"So? Wann ist er denn über den Jordan geschwommen?"

Spätestens jetzt bemerkte Jonas, dass sein ziemlich heruntergekommens Gegenüber an Alkoholdemenz in bereits fortgeschrittenem Stadium leiden musste. "Vergessen Sie's!"

"Vergessen? Ach, ich sage Ihnen, zuerst will man noch seinen Körper optimieren, später nur noch den Verfall aufhalten."

"Und da trinken Sie Alkohol?"

"Natürlich, denn der konserviert ja! Ich wäre dennoch fast an Covid 19 gestorben."

"Na Gott-sei-Dank befinden Sie sich ja noch unter uns!"

"Gott ist tot", flüsterte er mit leeren Augen.

"Heißen Sie Nietzsche?"

"Mag schon sein, dass sich seine Ideen in meinem Gehirn festgebissen haben", gestand er. "Meine Resignation gegenüber der Menschheit ist schon so groß, dass ich nicht einmal gegen ihre Ausrottung protestieren würde, wenn Gott mich danach fragte..."

"Jaja, ich auch nicht", nickte Jonas gleichgültig und wollte an ihm vorbei, doch der Bärtige hielt ihn am Arm fest.

"Ich spüre negative Energie."

"Wo?" Verwirrt drehte Jonas den Kopf herum, sah jedoch niemanden.

"Ihr seid von seltener Anmut."

"Ich?"

"Ich finde, jeder ist auf seine eigene Art anmutig."

Schnell entwand ihm Jonas seinen Arm, bei sich denkend: bei dem sind wohl nur noch wenige Promille Blut im Alkohol.

"Manche würden erschrecken, wenn sie vor dem Spiegel stehen und ihnen statt dem Spiegelbild der eigene Charakter entgegenlacht!", orakelte der Alte.

"Wen meinen Sie damit?"

"Sie wollten doch wissen, ob ich Gene Patrick Simmons kannte, oder nicht?"

Schau an, dachte Jonas verwundert, der arme Säufer hat zwar schwere Gedächtnislücken, kann aber nach einiger Zeit den Gesprächsfaden wieder an anderer Stelle aufnehmen. "Äh- ja!"

"Natürlich kannte ich den, wer kannte den nicht."

"Wann haben Sie ihn zuletzt gesehen?"

"Warten Sie, das war ... ein Schluck Wein könnte mir helfen, mich genau zu erinnern."

"Also schön, kommen Sie mit mir ins Pub!"

3. Kapitel: **Im Pub geht es rund**

Im örtlichen Pub, welches den vielsagenden Namen THE BLACK SWAN trug, kehrte Jonas mit seinem Begleiter ein.

"Oje, Hawkeye ist wieder da", seufzte der Wirt und zeigte auf den Obdachlosen, der sich schon die Lippen leckte.

"Ich lade ihn auf ein Glas Rotwein ein", erklärte Jonas und setzte sich an die Bar, als eine Frau auf ihn zuwankte - offensichtlich stark alkoholisiert - und sich neben ihn setzte.

"He Süßer, spendierst du mir einen Drink?", säuselte sie.

"Ich denke, Sie haben schon genug, Madam", lehnte er höflich aber entschieden ab.

"Du darfst mich nachher auch heimbringen, wenn du verstehst, was ich meine!" Dabei drückte sie eines ihrer mit Wimperntusche verschmierten Augen zu und ließ noch kurz ihre Zunge blicken.

"Verstehe, aber danke nein!"

Schmollend zog sie ab und ein Einheimischer nahm nun ihren Platz ein. "Das war unklug, mein Freund. Wenn einem eine Frau schon solche Angebote macht, dann sollte man zugreifen."

"Sie war absolut nicht mein Typ!"

"Das wäre ja so, als wenn ein Verdurstender in der Wüste auf eine Oase trifft und meint, nein, die gefällt mir nicht, ich krieche zur nächsten weiter", philosophierte der Mann und bestellte sich ein Bier.

"Sie vergleichen eine Frau mit einer Oase?"

"Warum nicht? Schließlich gönnt einem manche Frau die Freuden einer solchen, oder nicht?"

"Wie man's nimmt..." Jonas wollte keinesfalls einen Streit vom Zaun brechen.

Daneben begann ein schon ziemlich alkoholgeschwängerter Kerl so laut zu lachen, dass er vom Stuhl kippte.

"Das macht der ständig!", kommentierte der Oasen-Mann trocken das Geschehen. "Predigt gern die Abstinenz und stolpert dann im wahrsten Sinn des Wortes über die Selbstanwendung!"

"Hm, mit wem habe ich die Ehre? Sind Sie der örtliche Philosoph?"

"Ein Philosoph ist einer, der in Ermangelung einer Frau die ganze Welt umarmt. Nein, ich heiße Pringles!", stellte sich der Mann, vom Typ her ein Pykniker, vor. "Und bin gelegentlich Marktschreier."

Hawkeye mischte sich nun auch in die Unterhaltung ein: "Wisst ihr, dass die Indianer den Alkohol Feuerwasser nannten? Und sie wussten genau, dass dieses Zeug einen Brand im Mund auslöst, jedoch den Brand in der Seele löscht."

"Schon wieder ein Philosoph", bemerkte Jonas.

"Ja, einer, der seine Promillezahl im Blut sogar mit Spiritus steigert!", rief einer aus dem Hintergrund.

"Wir wollen nicht philosophieren, wir wollen saufen", erläuterte Hawkeye und hielt Jonas demonstrativ sein leeres Glas vor die Nase. "Und zwar keinen Spiritus!"

"Spiritus Sanktus!", rief derselbe von hinten.

"Meinetwegen, einen geb ich Ihnen noch aus, aber dann ist Schluss!"

"Schluss ist erst, wenn ich im Liegen nicht mehr umfallen kann", protestierte Hawkeye.

Die Geräuschkulisse stieg, alle Anwesenden lallten, kreischten, riefen etwas oder grölten nur sinnlos herum - eine Art von Zwangsheiterkeit trat auf mit Dialogen, die aus Samuel Becketts *Warten auf Godot* hätten stammen können. Als beliebtestes Getränk stellte sich Cider heraus, der aus Äpfeln der Region hergestellt wurde. A Gallon a Day keeps the Doctor away, wie ein uralter Spruch besagte.

Ja, das glaub ich gern, dachte Jonas nach einem Krug davon, dass ein Fass von dem Gesöff den Doktor fern hält, allerdings nicht täglich, sonst springt der Coroner für den Hausarzt ein.

Die Gespräche in dem Pub drehten sich um den üblichen Dorftratsch. So erzählte einer Pringles von einer Frau, die derart selbstverliebt sei, dass sie für Männer gar nichts mehr erübrigen konnte.

"Wer in sich selbst verliebt ist, hat wenigstens bei seiner Liebe den Vorteil, dass er nicht viele Nebenbuhler erhalten wird. Das sagte schon ein gewisser Georg Christoph Lichtenberg", meinte Pringles drauf, der für einen einfachen Marktschreier sehr gebildet erschien.

In dieser geselligen Runde ging bei einer Lokalrunde auch ein harter Drink an Jonas, an dem er soeben nippen wollte, als einer rief: "HEY Pinky, erzähl doch die Geschichte von dem Bobby, der seinen Lottogewinn vergrub und dann die Stelle im Wald nimmer fand!"

Der genannte Pinky - ein alter Mann mit schlohweißem Haar und einem langen Bart - begann zu erzählen: "Das war so, im Jahre 1989 gewann der Polizist Brandon Bloodwin ein hübsches Sümmchen, das er, weil er den Banken schon damals nicht über den Weg traute, an einer abgelegenen Stelle in unsrem Wald vergrub. Nach einiger Zeit wollte er es wieder abholen und irrte mit Schaufel und Spitzhacke im Wald herum, wo er Löcher grub, verzweifelt auf der Suche nach dem gewonnenen Mammon. Doch leider fand er es nicht mehr, nur das Skelett einer ermordeten Schülerin aus dem Jahr 1979, hähäää!"

Der Mann neben ihm stupste Jonas in die Leber und flüsterte ihm zu: "Die Story ist wahr und DU könntest das nächste Skelett werden!"

Das erschreckte Jonas so, dass er draufhin vergaß zu trinken, das Glas wurde ihm von Hawkeye abgenommen, der es gierig auf ex in seinen großen Mund leerte.

"Weiß Pinky auch etwas über den Mord an Gene Patrick Simmons?", fragte Jonas in die durstige Runde, worauf es so still wurde, dass man die sprichwörtliche Stecknadel hätte fallen hören können.

"Der hat sich selbst abgeschafft, hähä", grölte Pinky, worauf die Geräuschkulisse wieder anstieg.

"Und wie kommt Pinky darauf?", hakte Jonas nach.

"Hab erfahren, dass er mit seinem eigenen Jagdmesser erstochen wurde, auf dem nur seine Fingerabdrücke drauf waren."

Dieser Pinky und wer weiß noch alles muss über Insiderwissen verfügen, wurde Jonas klar, da gibt es wohl eine undichte Stelle bei den Behörden oder der Mörder hat getratscht...

4. Kapitel: **Ein Virus namens Mensch**

Zurück im Stokes-Inn ging Jonas unruhig auf und ab, strengte sein vom Cider vernebeltes Gehirn an, wie er am besten vorgehen sollte, als ihm unter seinem Bett schon wieder die Zeitung *Stokes-News* auffiel. Es war die Ausgabe, die er bereits gelesen hatte. Merkwürdig, dachte er, hab ich die nicht längst entsorgt? Schnell bückte er sich danach, als er hinter sich eine heisere Stimme vernahm.

"Die habe ich versteckt!"

"AAHH! - Könnten Sie es über sich bringen, werte Lady, mich mit Ihrem Auftauchen nicht so zu erschrecken? Sonst gehe ich noch frühzeitig in die Geisterwelt ein!"

"Hätte gar nichts dagegen! Ohne fleischlichen Körper kann man sich auch amüsieren."

"Also ich möchte meinen Fleischkörper noch ein wenig behalten! Im Pub wollte mir einer weismachen, der Ermordete hätte sich mit seinem Jagdmesser selbst entleibt!"

Agatha schüttelte ihr Haupt. "Selbstmord können wir getrost ausklammern. Die meisten Opfer einer Messerattacke ziehen sich im Schock das Messer selbst aus dem Leib, was natürlich ihre Fingerabbdrücke auf der Tatwaffe hinterlässt."

"Und womöglich auch erst zum Tod führt", setzte Jonas nach. "Eventuell könnte er noch leben, wenn er durch das Herausziehen des Messers seine Situation nicht verschlimmert hätte. Aber ich muss sichergehen, ich rufe Inspektor Tamzin an."

"Tun Sie das", ermunterte ihn Agatha. "Und fragen Sie ihn bei der günstigen Gelegenheit gleich, ob er nicht auch der Ansicht ist, dass der Mord an dem Mann mit dem Bowler in direktem Bezug zur Tat auf der Jacht steht."

"Wie bitte?"

"Deshalb habe ich die Zeitung für Sie aufbewahrt. Auf Seite acht ist das Foto eines Mannes zu sehen, der mausetot in der Nähe des Hafens gefunden wurde."

"Nicht möglich!" Eilends blätterte Jonas zu Seite acht und überflog die Zeilen neben dem Foto eines Mannes, der offenbar tot am Boden lag, einen Hut trug und starren Blickes in die Linse des Polizeifotografen oder auch in die Unendlichkeit stierte. " Wer kennt diesen Mann? Ein gut gekleideter Mann von zirka 45 - 55 Jahren wurde ohne Schuhe und Socken in der Nähe des Hafens erschossen aufgefunden. Er hatte weder Geld, noch Ausweis, noch Mobiltelefon oder Schlüssel bei sich, was auf einen Raubmord schließen lässt. Hinweise an das örtliche Polizeirevier, Telefonnummer..."

"Ich begebe mich inzwischen andernorts, grüßen Sie den Inspektor nicht von mir!" Mit einer kleinen Verpuffung verschwand seine Besucherin.

Dieser Inspektor Tamzin zeigte sich am Telefon nicht erfreut, von Jonas wieder in der leidigen Mordsache Simmons behelligt zu werden: "Schon wieder SIE! Nehmen Sie zur Kenntnis, dass sich jemand keinesfalls selbst die Tatwaffe aus dem Körper ziehen kann, wenn dessen Handgelenke hinter seinem Rücken mit Gafferband fixiert wurden!"

"Ach sooo!"

"Ja, sooo!", äffte der Inspektor seine überraschte Stimme nach. "Jetzt stören Sie mich nicht mehr! Lösen Sie anderswo Rätsel auf!"

"Moment noch!", rief Jonas in den Hörer, "Inspektor, was halten Sie von der Theorie, der Mord auf der Jacht könnte in direkter Verbindung mit dem Raubmord in der Nähe des Hafens stehen?"

"Gar nichts! Denn erstens wurden komplett unterschiedliche Waffen verwendet und zweitens standen die beiden Opfer nicht miteinander in einer Beziehung."

"Wie können Sie das wissen, wenn die Identität eines Opfers noch gar nicht feststeht?"

"Tut sie bereits", fauchte ihn Tamzin an. "Die Schwester des Mannes mit dem Bowler hat sich bei mir gemeldet und mir erklärt, dass er Mr. Simmons nicht kannte."

"Und wenn er ihn aber just am Tattag kennengelernt hat?"

"Das müsste schon ein sehr großer Zufall sein!"

Am anderen Ende der Leitung vermeinte Jonas nun doch so etwas wie einen Zweifel wahrzunehmen und setzte nach: "Zufälle gibt es nun einmal. Mir passieren sie ständig! Ich sehe ja ein, dass Sie mir den Namen des Toten nicht nennen dürfen, aber ich sehe partout nicht ein, ihm zu unterstellen, Mr. Simmons wäre für ihn ein total Fremder gewesen!"

Nun vernahm er einen lauten Atemstoß und Tamzin brummte gepresst: "Danke für den Hinweis!"

"Immer bereit, der Polizei zu helfen!"

Nach dem Auflegen kratzte sich Jonas kurz am Hinterkopf und legte sein Smartphone neben die Zeitung, guckte nochmals auf das Foto des Mannes mit dem Bowler. Er hatte ja oft von den Schrullen der Engländer gehört, doch dass ein Mann mit Hut ohne Schuhe und Socken herumlief, kam ihm schon ziemlich verdächtig vor. Ob er auch eine Jacht im Hafen hatte, oder ob er nur auf Besuch auf einer solchen war... Die Fragen, die zur Lösung des Falles beantwortet werden mussten, schienen sich ungeschlechtlich zu vermehren...

Es klopfte und Jonas öffnete die Tür, vor welcher Mr. Pringles stand.

"Ich hab vernommen, Sie interessieren sich für unseren Messermord." Lässig stützte er sich mit einer Hand am Türrahmen ab.

"Mr. Pringles, ich interessiere mich grundsätzlich für Verbrechen, die ungelöst sind. Als Ex-Polizeireporter ist mir das förmlich in Fleisch und Blut übergegangen. Wissen Sie etwas?"

"Nichts Konkretes, aber ich kann mich für Sie umhören ... gegen einen kleinen Unkostenbeitrag!" Mit der freien Hand machte er eine Geldgeste.

"Vorauszahlungen leiste ich grundsätzlich nicht!"

"Sie sollten an Ihren Grundsätzen arbeiten, mein Freund!", riet ihm Pringles mit einem bösen Blitzen in den Augen und wandte sich schon zum Gehen. "Übrigens können Sie alles, was Ihnen Hawkeye vielleicht schon erzählt hat, gleich wieder vergessen. Der leidet an Delirium Tremens und sieht gelegentlich auch schon weiße Babyelefanten!"

"Ja, sowas in der Art dachte ich mir schon!" Schwungvoll schloss er die Tür und fragte sich, ob er wohl so dumm aussähe, einem Fremden Geld im Voraus für eine Information zu geben, von der er nicht wissen konnte, ob sie erfunden, erstunken oder erlogen ist.

Jonas kleidete sich eben um, denn sein Hemd hatte unter den Armen schon Schweißflecken, als ihm die reizende Geisterlady schon wieder erschien.

"Mrs. Christie, bitte, auch wenn Sie eine einnehmende Persönlichkeit besitzen, sollten Sie nicht einfach so unerwartet einen Platz in meinem Hotelzimmer einnehmen."

"Verzeihung, ich vergaß ganz, dass man das nicht tut!"

"Gerade erhielt ich Besuch von einem gewissen Pringles, der sich dachte, ich sei eine Melkkuh!", berichtete er ihr, als er sich sein Sakko anzog.

"Geld ist gedruckte Freiheit", dozierte sie. "Und wer möchte nicht so frei wie möglich sein."

"Übrigens traf ich den hiesigen Obdachlosen, dessen Name Hawkeye ist. Haben sie den vielleicht auch schon einmal getroffen?"

"Ja, er gab sich selbst den Auftrag, möglichst vielen gütigen Bewohnern gedruckte Freiheit aus der Tasche zu leiern."

"Bei mir gelang es ihm und ich befragte ihn mit mäßigem Erfolg nach dem Mordopfer. Der kann sich mal erinnern und mal nicht."

"Tja, Hawkeyes eine Hälfte des Gehirns ist schon im Jenseits angekommen. Im Grunde ist er schon tot, er weiß es nur noch nicht."

"Ich habe mal gelesen, dass das Gehirn nur ein verwitternder Felsen ist, von dem Ideen und Ideale triefen."

"Aber nicht bei mir!", stellte Agatha klar. "So schwülstig pflegte ich mich nie auszudrücken. Meine Bücher sind alle leicht lesbar und dennoch schwer zu durchschauen. Selbst mit allen Hinweisen kommen die Leser fast nie auf den richtigen Täter!"

"Oder Täterin, denn Frauen morden schließlich genauso oft wie die Herren der Schöpfung."

"Das stimmt leider", gab sie ihm etwas kleinlaut recht. "Meist sind sie dabei raffinierter als die Herren der Schöpfung."

"Sie müssten doch in Ihrem jetzigen Aggregatzustand wissen, wer es gewesen ist."

"Erstens ist ein Geist nicht allwissend, und zweitens sollen SIE Ihre Hausaufgaben allein lösen, mein Lieber!"

"Hm, der Mörder könnte auch ein Berufskiller sein, der keine persönliche Beziehung zum Opfer hatte."

"Dann hätte er aber immer noch eine Beziehung zu seinem Auftraggeber!"

"Und derjenige hätte logischerweise eine Beziehung zum Opfer", setzte Jonas erfreut fort.

"Na sehen Sie, es geht ja, wenn Sie Ihre kleinen grauen Zellen bemühen!"

"Am einfachsten wäre es doch, wenn Sie den Geist des Opfers befragen, WER ihn denn nun auf dem Gewissen hat. Der Mörder oder nur sein Stellvertreter!"

"So einfach, wie SIE sich das vorstellen, ist die Sache nicht! Manche Geister sind bedauerlicherweise überhaupt nicht auskunftsfreudig", erläuterte sie mit ernstem Mienenspiel. "Es ist ihnen schlichtweg egal, ob ihr Mörder gefunden wird, weil das für ihre weitere Existenz unwichtig ist."

"Ja, aber könnten Sie nicht im Jenseits generell ein gutes Wort einlegen und-"

Resolut schnitt sie ihm das Wort ab. "Meine Hilfe erschöpft sich bereits, indem ich Ihnen erscheine und wie eine liebe Tante mit Ihnen plaudere, wobei ich den einen oder anderen Rat auf Sie loslasse!"

"Was ich sehr zu schätzen weiß! Hätte nur jeder IHRE Moral, Mrs. Christie. Die Konturen der Moral sind bei den meisten Menschen leider teilweise getrübt."

"Das haben Sie jetzt schön gesagt. Ich hätte es ganz anders ausgedrückt!"

"Und wie, wenn ich mir die Frage erlauben darf?"

"Na, sagen wir mal, der Mensch ist durch und durch böse, ein verderbtes Wesen, das die Natur eigentlich gar nicht vorgesehen hat. Ein Irrläufer der Evolution, wenn man so will..."

"Verstehe, Sie meinen so eine Art Virus, der den Planeten befallen hat", kombinierte Jonas.

"Schlimmer noch, denn gegen ein Virus gibt es immer ein Mittel!"

"Gegen Mörder gibt es nur zwei Mittel: Gefängnis oder Anstalt! Abhängig von der Schwere der Tat und dem Geisteszustand des Mörders."

"Oder der Mörderin!", erinnerte sie ihn an seine eigene Überzeugung. "Machen Sie einen Spaziergang durch die friedliche Landschaft, das wird Ihre graue Masse im Oberstübchen anregen."

Dass er einmal dem Rat eines Geistes folgen würde, hätte sich Jonas nie träumen lassen. Traumhaft empfand er jedenfalls die Gegend rund um sein Hotel. Teils uralte Hecken begrenzten smaragdgrüne Weiden, die bis zum Horizont reichten. Auf der Straße neben einem stillen Wäldchen fuhren nur wenige Autos, ab und zu ein Bus, aus welchem bei der Station einige junge Rucksackwanderer sprangen und in verschiedenen Sprachen miteinander plauderten. Die Hauptstraße stadteinwärts säumten entzückende Häuschen und natürlich das Pub, zu dem scheinbar alle Wege hier führten. Daher kehrte er wieder in den Scharzen Schwan ein, wo er bei seinem Eintritt einige interessante, teils derbe Gesprächsfetzen auffing.

"Gegen den Wind kann man nicht pissen!"

"Vielleicht kann es jemand, doch den hast du noch nie getroffen!"

"Ich sag dir, so muss es gewesen sein!", insistierte der Pykniker.

"Hör auf damit, Pringles", mahnte ein alter Mann mit wettergegerbtem Gesicht an der Bar. Seine Hände hielten ein Whiskyglas umklammert, sodass man die Schwielen auf den Handflächen nur erahnen konnte. "Deine Worte sind wie Gift, die übers Ohr in die Seele tropfen."

"Wie heißt es schon beim alten Shakespeare? Die Hölle ist leer, alle Teufel sind hier!", wehrte sich der Angefeindete.

Während Jonas noch überlegte, welchem grandiosen Werke Shakespeares das Höllenzitat aus Pringles Mund entstammte, flog die Tür des Pubs auf und herein trat ein wahrhaft feuchter Männertraum. Diese Frau, welche die Herzen aller Anwesenden im Sturm zu erobern fähig schien, stolzierte wie eine Königen zu ihrem Thron. Ja genau, fiel Jonas ein, *Der Sturm* war das von ihm gesuchte Werk. Die rotblondgefärbte Schönheit warf ihm einen verheißungsvollen Blick zu, setzte sich an einen Tisch im hintersten Eck und wartete offenbar auf das Erscheinen ihres Angebeteten. Fraglich nur, wer dieser denn war, ob schon existent oder doch erst in der Schwebe.

Ach, was soll's, dachte sich Jonas, ich versuche mein Glück.

In einem Anflug von verspäteter Pubertät schlenderte er mit seinem Bierglas in der Hand auf die Schöne zu und fragte um Erlaubnis, sich an den Tisch setzen zu dürfen.

"Sicherlich", lächelte sie ihm zu und nickte mit dem Köpfchen, sodass ihr wallendes Haar wippte. "Sie sind wohl erst kürzlich hier zugezogen?"

"Nein, ich bin mehr ein Reisender und immer auf der Suche."

"Nach Abenteuern?"

"Auch, aber vor allem auf der Jagd nach Geschichten von Leuten auf dem Lande. Ich bin nämlich Journalist."

"Sehr interessant und welcher Story jagen Sie momentan nach?"

"Tja, wie ich hörte, musste ein reicher Mann vor kurzem sein Leben wegen einer Attacke auf ihn aushauchen."

"Hübsch formuliert, aber als Journalist sind Sie sicher bei allen Themen mit Euphemismen schnell bei der Hand", schätzte sie.

Der Wirt persönlich servierte ihr einen Drink, da seine vom Alkohol gezeichnete Schankhilfe, ein pickliger Geselle mit umgebundener schwarzer Schürze, beim Zapfhahn hantierte. Beim Servieren grinste er über beide Ohren und verließ den Tisch rasch wieder, um besser ein Auge auf seinen Gehilfen zu haben, der augenscheinlich den besten Gast im Pub darstellte.

"Ich liiiebe Sherry! Und ich heiße noch dazu so!" Auf einen Zug leerte sie das Glas. "Wie ist Ihr Name? Big Spender?"

"Nein, meiner ist Jonas. Kannten Sie den Ermordeten?"

"JEDER kannte ihn. Gene war so etwas wie ein Promi hierorts.Ja, eine Provinz-Prominenz sozusagen. Beliebt bei allen Damen. Bei mir hat er es auch versucht. Aber bei zuviel unerwünschter körperlicher Nähe reagiert mein Knie schneller aggressiv als mein wesentlich zivilisierteres Gehirn."

"Darf ich daraus entnehmen, dass Sie ihn nicht mochten?"

"Um ehrlich zu sein, allein schon sein Anblick reichte, um mir den Nagellack von den Fingern splittern zu lassen! Ich hatte nur beruflich mit ihm zu tun. Und Sie interessieren sich für ihn oder für seine Todesart?"

"Äh- beides würde ich sagen."

"Sie sind nicht zufällig ein Polizeispitzel?"

"Nein, ich recherchiere für meine Stories. Das WER, WIE, WANN, WO und WARUM haben die Berufe Journalist und Detektiv gemeinsam."

"Und Sie ergriffen diesen Beruf, um ganz offiziell die Möglichkeit zu nutzen, andern Menschen dämliche Fragen zu stellen?"

"Das ist jetzt hart ausgedrückt, ich bin keiner, der andern schaden will, sondern einer, der im Dienste der Stillung seiner Neugier unterwegs ist."

"So gesehen ... Laden Sie mich auf einen Sherry ein?"

"Selbstverständlich, verzeihen Sie, dass ich nicht gleich mit einer Einladung daherkam. Ich wollte auch nicht zu plump erscheinen und mir einen Grund zum Fragenstellen erkaufen."

Mit einer Hand winkte sie den Wirt wieder heran, der sogleich ungefragt im Eiltempo einen zweiten Sherry servierte.

Nachdem sich der Wirt wieder zurückgezogen hatte, versuchte Jonas, das Gespräch wieder in Gang zu bringen: "Darf ich jetzt wissen, was SIE beruflich tun, Sherry?"

"Natürlich, ich gebe Kunstbegeisterten Malunterricht, und zwar mit den Füßen."

"Das habe ich auch noch nie gehört, Ihre Schüler oder vielmehr Ihre Kunststudenten, malen mit den Füßen?"

"Oh ja, es sind auch keine Studenten im klassischen Sinn, sondern einfach nur ermüdete Büroangestelle,

Verkäuferinnen, Manager, die sich beim Malen mit den Füßen so ablenken, dass sie all Ihre Sorgen und Probleme für einige Stunden vergessen können. Nach dem Motto Picassos: Kunst wäscht den Staub des Alltags von der Seele!"

"Großartig!" Mit Erfolg simulierte er Begeisterung, obwohl er der Vorstellung, sich die Socken auszuziehen, um ein Bild mit seinen in Farbe getauchten Zehen zu malen, absolut nichts abgewinnen konnte. "Das muss Ihnen auch eine Menge Cash einbringen."

"Die besten Dinge im Leben sind gratis, mein Bester!"

"Ja, aber die zweitbesten Dinge im Leben sind dafür extrem teuer."

"Hihihiii!! Kommen Sie doch einfach mal vorbei, Jonas, wir freuen uns immer, wenn ein neuer Kunstinteressierter unsere kleine illustre Runde verstärkt", flötete sie und kippte wieder den Sherry in einem Zug hinunter.

"Sehr gerne, wann und wo darf ich vorbeikommen?"

"Im Gemeindehaus morgen um 17 Uhr. Bitte pünktlich, es stört sonst, wenn jemand mitten im schönsten Schaffensdrang hereinplatzt!"

"Keine Frage, ich bin schon aus beruflichen Gründen immer pünktlich, denn nur der frühe Vogel bekommt die Story vom Wurm, haha."

Höflich stimmte sie in sein künstliches Gelächter ein und orderte einen weiteren Sherry. Mittlerweile hatte sich das Pub derart mit Gästen gefüllt, dass selbst Ölsardinen Platzangst bekommen hätten...

5. Kapitel: **Im Zeitungsladen**

Was früher einmal der Dorfbrunnen war, stellte nun der Zeitungsladen der Mrs. Hickstone dar: den Austauschpunkt von Klatsch und Tratsch. Die sehr gepflegte Dame im besten Alter war im Moment mit den Remittenden beschäftigt, den fehlerhaften oder beschädigten Druckerzeugnissen, welche an den Verlag zurückgesandt werden mussten.

"Einen Moment bittte", vertröstete sie Jonas beim Eintritt in ihren Laden, "bei der Erledigung der Remittenden ist Genauigkeit vonnöten, denn sonst hat man sie im Nacken!" Gewissenhaft sortierte sie einige Illustrierte und Rätselhefte in einen großen Karton ein.

"Oh, lassen Sie sich ruhig Zeit, ich bin ja nur Tourist, der jede Minute des Aufenthaltes in Ihrer schönen Gegend genießt."

"Das haben Sie jetzt aber lyrisch auf den Punkt gebracht. Ich nehme an, Sie machen das beruflich. Schriftsteller?" Ganz kurz warf sie ihm einen prüfenden Blick zu, ehe sie ein weiteres Hochglanzmagazin in den großen Karton legte.

"Knapp daneben, ich bin rasender Reporter, zur Zeit allerdings nur in Zeitlupe unterwegs."

"Die Regenbogenpresse kriecht auch immer langsamer dahin und verpasst so einiges. Die bezeichnen doch tatsächlich Mette-Marit als finnische Kronprinzessin."

"Vielleicht meinten sie ja 'finished' - dass sie am Ende ist."

"Die Kundin verlangte jedenfalls ihr Geld zurück."

"Aber sind wir nicht alle Remittenden? Mit all unsren Fehlern?"

"Philosophisch betrachtet schon", gab sie zu und verschloss den großen Karton, den sie danach gewissenhaft mit einem braunen Gafferband umwickelte.

"Und in den USA ist die Yellow Press noch ärger als hier, sobald Trump hustet, dichten sie ihm gleich Lungenkrebs an", bemängelte Jonas mit Kennermiene.

"So ein Faux-pas passiert Ihnen als Reporter bestimmt nicht, ein aufregender Beruf."

"Geht so. Und sind Sie mit Ihrem Beruf zufrieden?"

"Wo bekommt man heutzutage noch etwas um ein viertel Pfund, außer in einem Zeitungsladen? Aber wie soll man davon leben können?"

Nickend nahm er eines der Rätselhefte vom Stapel vor der Verkaufstheke an sich.

"Was war bisher Ihre beste Reportage?" Interessiert guckte sie ihn an, hoffend, neue Nahrung für die Neugier ihrer Kunden zu erhallten. Denn mit einem Pläuschchen ließen sich immer welche zu einem Kauf verlocken.

"Da muss ich nicht lange nachdenken. Vor drei Jahren schrieb ich einen Reisebericht in epischer Breite über Tschernobyl."

"Was, Sie waren dort in der Todeszone?" Ein sichtbarer Schrecken huschte über ihr Antlitz.

"Naja, man kann sich um den Reaktor-Sarkophag herum ganz normal bewegen, ohne zuviel Strahlung abzubekommen. Viele junge abenteuerlustige Leute fahren dorthin, weil sie der üblichen Urlaubsdestinationen schon überdrüssig geworden sind."

"Den jungen Leuten geht's zu gut", stellte sie fest, während sie den Karton nach hinten ins Lager ihres kleinen Ladens schleppte.

"Nun ja, man soll nicht vorschnell urteilen. Schließlich arbeiten sie und sparen lange für ein besonderes Urlaubserlebnis."

Rasch kam sie wieder nach vorne und wischte sich die Hände in einem karierten Geschirrtuch ab. "Wenn man bedenkt, dass schon geringe Strahlung die Unfruchtbarkeit oder zumindest Schädigung des Erbmaterials bewirken kann... Wollen diese jungen Leute denn keine gesunden Kinder bekommen, oder denken sie, es wird schon nichts passieren?"

"Ich fürchte, die Katastrophentouristen machen sich generell nicht so viele Gedanken über sich selbst. Wahrscheinlich fahren viele in solche gefährlichen Gebiete, um sich von der Eintönigkeit ihres Lebens abzulenken."

"Tja, wenn sie dann an Krebs erkranken, zieht dafür eine andre Art von Eintönigkeit in ihr Leben ein! Was kann ich für Sie tun? Suchen Sie außer Rätselheften noch beruflich Anregungen, also Reisezeitschriften, oder etwas Spezielles für ein Thema, das Sie recherchieren müssen?"

"Ehrlich gesagt, suche ich Informationen über den Mord an einem Ihrer Mitbürger."

Ihre vormals entspannten Züge verfinsterten sich leicht. "Ach, überlassen Sie das doch der Polizei, die machen schon mal Fortschritte."

"Bisher gelang denen noch nicht einmal die Verhaftung eines Verdächtigen."

"Da scheint eben ein sehr routinierter Mörder am Werk gewesen zu sein."

"Oder eine Mörderin. Der Verblichene hatte ja ein reges Sexleben, wenn man den Gerüchten glauben darf." Nach einem Blick auf den Preis des Rätselheftes, zahlte er ihr ein halbes Pfund dafür.

"Ich werde Ihnen etwas sagen: die Leute reden viel, wenn der Tag lang ist. Und kaum ist einer tot, dann beginnen die erst mit ihrer Litanei und behaupten über alles Bescheid zu wissen, dabei kannten sie den Toten nur vom Sehen oder auch vom Wegsehen!" Mit hochgezogenen Brauen tat sie das erhaltene Geld in ihre altmodische Kasse hinein.

"Meist steckt in Gerüchten immerhin ein Körnchen Wahrheit."

Mit verschränkten Armen wandte sie sich ihm wieder zu und entgegnete ihm schnippisch: "Wenn hier jeder wegen seines regen Sexlebens umgebracht werden würde, dann wäre unser großes Dorf die reinste Geisterstadt!"

Eine aufgetakelte Dame betrat den Laden und grüßte lautstark.

"Oh, hallo, Mrs. Whippet!" Das Gesicht von Mrs. Hickstone strahlte großen Optimismus aus, gleich eine Menge ihrer Ware und erfahrenen Klatsch loswerden zu können.

Jonas verabschiedete sich und suchte wieder sein bescheidenes Quartier auf. Nach dem Genuss einer Tasse Tee mit zwei leckeren Scones, die er sich auf sein Zimmer bringen ließ, widmete er sich dem lohnenden Ausblick auf die Landschaft von seinem Fenster. Einige Kinder spielten Frisbee, ein Basset Hound lief wedelnd zwischen ihnen hin und her. Eine Szene, die zum Träumen verführte, doch er wälzte dunkle Gedanken über die Aufklärung eines Mordes an jemanden, den er nie gekannt hatte und über den er faktisch null Informationen besaß. Doch gerade solche großen

Herausforderungen reizten ihn, wenn auch selten an seinem Urlaubsort. Ach, dachte er schweren Herzens, worauf hab ich mich nur eingelassen. Hier herumzuschnüffeln kommt Arbeit gleich und ich wollte doch nur einen entspannten Urlaub hier verbringen....

Sein Blick fiel auf das im Zeitungsladen erstandene Rätselheft. Lustlos blätterte er es durch und stutzte. Eines, der vielen darin unvermeidlichen, Schwedenrätsel zog seine Aufmerksamkeit auf sich, das unter anderem den Oberbeleuchter beim Film erfragte.

Gaffer, dachte er sogleich und zuckte zusammen: Mrs. Hickstone hat den Karton mit Gafferband umwickelt! Genau damit wurde doch auch die Leiche des Opfers gefesselt, bzw. deren Handgelenke. Allerdings war das nur ein kleines Indiz gegen sie, denn solch ein Band benutzten sicher noch Hunderte andre hier im Umkreis, aber immerhin...

6. Kapitel: **Der Informant**

Es schien sich wie ein Lauffeuer herumgesprochen zu haben, dass ein ausländischer Journalist im Hotel weilte, denn Jonas erhielt anderntags einen merkwürdigen Anruf.

"Hallo, ich habe gehört, Sie schnüffeln herum und hätte da einige Informationen, die Sie sicher interessieren, aber am Telefon kann ich darüber nicht sprechen. Können wir uns persönlich sehen?"

"Wenn das ein Kriminalfilm wäre, dann wüssten die Zuseher sofort, dass ich Sie nicht lebend antreffe", scherzte Jonas.

"Keine Sorge, ich bin zäh und habe schon einige Attentate auf mein Leben überstanden. Interessiert?"

"Sicher, wo wollen wir uns treffen?"

"Am besten in einem feinen Restaurant, weil mich der Hunger schon die längste Zeit quält! Ich schlage das 'Kitchen Paradise' vor, eine Lokalität mit Atmosphäre. Ich weiß 'ne Menge! Das können Sie mir ruhig glauben! Sie sollten unbedingt kommen."

"Gut, um halb zwölf Uhr bin ich da - wie erkenne ich Sie?"

"Ich quatsche Sie einfach an!", versprach der Anrufer und legte grußlos auf.

Kaum war die Leitung tot, überkam Jonas eine merkwürdige Vorahnung: Hah, wenn das ein Krimi-Plot wäre, dann würde ich den Anrufer echt nicht mehr lebend antreffen, denn immer, wenn in einem Kriminalfilm ein Ermittler so einen Anruf erhält, dann trifft er den Anrufer entweder tot an, oder der taucht nicht am Treffpunkt auf, sondern viel später als Leiche. Soll ich daher überhaupt dort hingehen? Wer weiß, der Mörder könnte mich dort spielend leicht ins Visier nehmen, weil er meine Nachforschungen auch schon spitzgekriegt hat ... Dummerweise habe ich schon einigen Leuten von meinem Vorhaben erzählt und mich als Gefahr für ihn geoutet... Der Mörder oder die Mörderin wird sich andrerseits nicht aus der Deckung wagen, ehe ich nicht einige Indizien gegen ihn oder sie gesammelt habe...

Die Neugier trieb Jonas - trotz seiner Vorahnung - mehr als sein Hunger zu besagtem Speisenlokal. Ein Restaurant im gemütlichen Stil mit viel dunklem Holz und roten Vorhängen an den großen straßenseitigen Fenstern. Vor dem Eingang lungerte ein Mann herum, der vom Typ her ein Tramp sein konnte: abgewetzte Natojacke, löchrige Jeans, ausgetretene braune Schnürschuhe und eine Frisur, die schon dringend einen neuen Schnitt benötigte. Dazu der Geruch von Tabak in Kombination mit Alkohol. Ein breites Grinsen von dem Alten entblößte eine breite Zahnlücke zwischen den Vorderzähnen.

"Hi, ich bin Fairbanks, schöner Name leider ohne Kaufkraft."

"Sehr erfreut, den meinen kennen Sie ja schon."

"Klar, Jericho heißen Sie, lassen Sie uns im Lokal weiterschwatzen!" Mit großen Schritten betrat er das feine Lokal und setzte sich sogleich an einen freien Fensterplatz.

"Heimelig hier", meinte Jonas und setzte sich ihm gegenüber.

"Es ist mir peinlich, aber SIE werden bezahlen müssen, denn ich hab' nur ein halbes Pfund und ein

Kondom eingesteckt und bezweifle, dass man das gegen ein Dinner eintauschen kann."

"Keine Sorge, als Journalist kann ich das ja als Spesen verbuchen und von der Steuer absetzen!"

"Ja, manche Leute haben eben immer Glück!"

"Mit Glück hat meine Berufswahl wenig zu tun. Es kostete mich viel Zeit mich von Semester zu Semester zu quälen. Was sind Sie denn von Beruf?"

"Ich bin Verleger, ich habe meine Zeugnisse verlegt und schlage mich seither als alles Mögliche durch." Seine Zahnlücke erschien wieder.

Die Bedienung kam daher und er orderte sogleich: "Ich nehme das Steak medium mit Pommes Frittes und dazu ein großes Bier."

Die hübsche stupsnasige Kellnerin brachte auf zustimmendes Kopfnicken im Eiltempo dasselbe auch für Jonas, der weniger wegen des Essens herkam, sondern wegen der angebotenen Information. Doch sein Informant wollte nicht so recht damit herausrücken. Skeptisch blickte er sich immer wieder um und redete - bis das Essen kam - nur von alltäglichen Dingen, wie die steigenden Lebenshaltungskosten oder die Unmöglichkeit, einen günstigen passenden Anzug im Second-Hand-Shop zu finden. Kaum hatte er den Teller vor sich, begann er mampfend das halb-rohe Fleisch samt den Fritten zu vertilgen. Jonas dachte sich, während er selbst das Steak konsumierte, Fairbanks wolle wohl die Spannung bis ins Unerträgliche steigern.

Nachdem er zu Ende gespeist hatte, spülte er den letzten Bissen mit dem Bier hinunter und bemerkte wehmütig: "Welch ein Jammer, dass man nur dreimal am Tag essen kann! Jaja, die aufrichtigste Liebe ist die zum Essen!" Mit der rechten Hand streichelte er seinen Bauch, der in der letzten halben Stunde deutlich an Volumen zugelegt hatte.

"Also, was haben Sie mir zu berichten?", forschte Jonas, bereits ungeduldig geworden.

Verschwörerisch beugte er sich ein wenig vor. "Ich hab den Schlüssel zum Anwesen von diesem Nabob", verkündete er stolz.

"Welchen Nabob?"

"Na, diesen ermordeten Simmons. Er stammte über seinen Urgroßvater aus Indien ab. Interessiert an einer Führung? Kostet Sie nur zehn Pfund Eintrittsgebühr!"

"Aber immer!"

"Also kommen Sie mit mir, ich führe Sie in das Haus dieses feinen Herrn."

Nachdem Jonas ihm den Zehner überreicht und die Zeche in der Höhe von achtzehn Pfund gezahlt hatte, machten sie sich per Bus, für dessen Nutzung Jonas natürlich auch löhnte, auf den Weg dorthin.

7. Kapitel: **Im Haus des Nabobs**

Beide spazierten von der Bus-Station auf einem Feldweg durch den Wald. Von einem schmalen Pfad aus kam man direkt in einen weitläufigen Park mit exakt geschnittenen mannshohen Hecken und quadratischen Rasenflächen, die sich im englischen Stil gepflegt zeigten und auf Besucher einen sehr kultivierten Eindruck machten.

"Herrschaftlich hier, was?"

"Sind wir schon auf dem Anwesen?", erkundigte sich Jonas. "Ich dachte, dass reiche Menschen ihre Grundstücke immer mit einer Mauer umgeben."

"Ja, hier stand auch mal eine Mauer, doch dann kaufte sein alter Herr die angrenzenden Grundstücke dazu und so wurde die Mauer eingerissen und alles in eine riesige Parkanlage umgestaltet. Es bürgerte sich sogar ein Wegerecht für Wanderer ein."

Neben einem knorrigen Baum, der eigentlich wie ein Fremdkörper in dem sonst so durchgestylten Park wirkte, stand ein olivgrünes Zelt.

"Wohnen Sie etwa hier?" Perplex blieb Jonas stehen und guckte Fairbanks an.

"Nur bei schönem Wetter, wenn es regnet, residiere ich woanders", erklärte er ihm, wobei er das Wort 'residiere' akzentuierte.

"Aha, sicher in einem Männerwohnheim."

"In einem Männerwohnheim gibt es immer jemanden, für den die Benutzung einer Klobürste ein Mysterium darstellt. Daher bevorzuge ich private Unterkünfte, wenn Sie verstehen, was ich meine." Dabei drückte er konspirativ ein Auge zu.

"Jaja. Und Sie haben die Schlüssel zu dem Herrenhaus, Mr. Fairbanks?", erkundigte sich Jonas, als er an der Seite des pfiffigen Mannes weiterging.

"Ja, das kann man behaupten." Dabei zog er einen Dietrich aus seiner hinteren Hosentasche, als das schlossartige Gebäude in Sicht kam, und erntete einen empörten Blick.

"Was, Sie wollen doch nicht etwa einbrechen?"

"Was verwenden Sie da für böse Worte, ich ermögliche Ihnen nur den Eintritt in eine für Sie komplett fremde Welt, der Welt der feinen Leute, an die wir beide niemals herankommen werden."

"Mir weht da eine leichte Brise Kapitalismuskritik aus Ihren Worten entgegen, Mr. Fairbanks, aber Einbruch bleibt Einbruch!", beharrte Jonas, der eher widerwillig neben ihm hertrottete.

"Wollen Sie nun rein oder nicht? Ihr Geld kriegen Sie nicht retour, höchstens das spendierte Essen in leicht abgeänderter Form, wenn Sie verstehen, was ich meine." Diesmal ließ er beide Augen offen.

"Ist ja nicht sonderlich schwer. Aber Sie werden noch Probleme bekommen, wenn wir erwischt werden."

"Mein Problem ist, meine üppige Lebensweise mit meinem geringen Einkommen zu bestreiten", entgegnete der Alte pfiffig.

Mit skeptischem Blick prüfte Jonas das beeindruckende Portal des imposanten Bauwerkes. "Mit dem Dietrich wollen Sie diese schwere Tür aufbekommen?"

"Wir gehen natürlich durch die Hintertür. Es ist keiner da, kein Wachdienst schiebt hier Wache und alles Wertvolle ist katalogisiert worden, vielleicht auch schon amtlich verwahrt."

"So? Sollte dann nicht ein gerichtliches Siegel über dem Schlüsselloch kleben?"

Nach dieser Frage sah ihn Fairbanks an wie einen akut Geisteskranken. "Kennen Sie den Unterschied zwischen Theorie und Praxis?!"

Auf dem Weg durch den gepflegten Park um das Haus herum erkundigte sich Jonas: "Was wissen Sie eigentlich über den ermordeten Hauseigentümer?"

"Man unterstellte ihm sogar Selbstmord. Doch warum sollte sich ein reicher Mensch das Leben nehmen, Herr Journalist?"

"Hm, weil er erkannte, dass er mit all seinem Geld keine bessere Welt und keine besseren Menschen kaufen kann."

"GPS, wie er sich nennen ließ - das klingt wie eine Krankheit oder deren Auswirkung - also Gene Patrick Simmons, war seines Überflusses einfach überdrüssig, schätze ich." Fairbanks schien nicht sicher zu sein, ob er den Gerüchten Glauben schenken sollte. "Möglicherweise hat er auch seinen Tod irgendwie herbeigesehnt."

Das war doch Agathas Hinweis, sie meinte also gar nicht das Global Positioning System damals im Zug, fiel Jonas schlagartig ein. "Sie glauben diese Selbstmordgeschichte doch nicht wirklich?"

"Natürlich nicht, aber diesen überdrehten Reichen ist alles zuzutrauen. Die gehen an ihrer eigenen Dekadenz zugrunde."

"Kannten Sie ihn überhaupt persönlich? Ich meine richtig privat?" Jonas zweifelte daran, denn zwischen den beiden lagen ganze Welten.

"Sicherlich! Und sogar ziemlich gut. Die Reichen sollten doch Garanten der sozialen Ordnung sein, hab' ich recht?"

"Sollten sie."

"Hab' ihn mal einfach so angepumpt und er fing an mir zu erklären, dass die gesamte Menschheit nichts anderes sei als ein gigantischer Verdauungstrakt, der ständig gefüttert werden will. Darauf entgegnete ich, ich wolle mit dem Geld kein Futter kaufen, sondern es investieren."

"Interessant, und ?"

"Und was?"

"Bekamen Sie es?"

"Keinen Penny! Er erkundigte sich nicht einmal, in was ich es eigentlich investieren wollte."

"Sind Sie da nicht sofort ins Visier der Polizei geraten, nach dem Motto: man kann eine Hand besser beißen, wenn sie einen nicht füttert?"

"Pah, die Bobbys haben nicht den Hauch eines Beweises. Mein Motto lautet: nie umfallen, bevor dich die Kugel trifft. Der Revolver könnte noch immer Ladehemmung haben, hähä!"

Mit einem geübten Dreh öffnete er die Hintertür und trat mit Jonas ein - es war ein Eintritt in eine andere Welt.

Aufmerksam inspizierte Jonas das feudale Haus des Toten. Es war voll mit den luxuriösen Besitztümern eines Mannes, der in den Reichtum hineingeboren wurde. Zeugnisse aufwendigen Konsums fanden sich überall: das Foto eines windschnittigen Hochgeschwindigkeitsbootes auf einem Sekretär aus dem 18. Jahrhundert, das Foto eines Oldtimers mit einem livrierten Chauffeur daneben, weitere wertvolle Antiquitäten, sündteure Perserteppiche, einige wertvolle Gemälde an den Wänden, in ausgewählten Ecken Statuen berühmter Bildhauer, goldfarbene

Brokatvorhänge an den Fenstern. Hier kostete nichts wenig, doch vermittelte auch kaum Gemütlichkeit.

Da es sich hier um keinen Tatort handelte, öffnete Jonas neugierig eine Schublade des Sekretärs und staunte nicht schlecht: darin lag fein säuberlich sortiert die ganze Kollektion von Patek Philippe. Keine der Luxusuhren kostete unter 100.000 Pfund. Die Preise kannte Jonas von seiner Recherche über Männerspielzeuge - und diese hier waren wirklich vom Feinsten. Der Unterschied zwischen Men and Boys waren nur die Preise ihrer Toys!

"Nun hat für ihn die Glocke geschlagen", scherzte Fairbanks, "ganz ohne eine teure Uhr! Und wie sagt man so treffend? Das letzte Hemd hat keine Taschen!"

"Dort, wo er sich nun befindet, benötigt er auch keine billige Uhr mehr", ergänzte Jonas, schob die Schublade wieder zu.

Während sich Fairbanks mit der im Sekretär verborgenen Bar beschäftigte, um einen kräftigen Schluck aus einer Cognacflasche zu nehmen, inspizierte Jonas einen der Bilderrahmen, hinter dem er einen Safe vermutete. Kaum hob er den Rahmen etwas an, fiel ihm ein schwarzes Büchlein in die Hände, welches dahinter eingeklemmt war. Flugs ließ er es in die Innentasche seines Sakkos verschwinden. Sein Begleiter hatte nichts davon bemerkt, denn er stellte gerade die Cognacflasche zurück an ihren Platz und schob die Bar wieder in ihr Geheimfach im Sekretär zurück.

Auf dem Kaminsims entdeckte Jonas einige buntbemalte Keramiktöpfe, die so gar nicht in das sonstige Interieur passten. Die Töpfe dienten Grünpflanzen als Behausung, wirkten zwar hübsch, andrerseits aber anachronistisch - zu modern für den restlichen Hausrat.

"Diese Blumentöpfe passen irgendwie nicht in den sonst so elitär-antiken Rahmen hier. Finden Sie nicht auch, Mr. Fairbanks?"

"Ja, kann sein, die hat er beim hiesigen Töpfer abgestaubt. Ein Kerl namens Blinky. GPS meinte, sie wären ein Geschenk, aber Blinky wollte schon dafür Geld sehen."

"Und?", forschte Jonas. "Sah er es?"

"Keine Ahnung, hab nie bei dem Töpfer was eingekauft, mein Wissen über die Sache stammt aus dritter oder vierter Hand - Pubgeschwätz eben."

Den Töpfer kann ich als Täter wohl ausklammern, überlegte Jonas, denn wegen der paar Pfund wird er wohl nicht aus der Haut gefahren sein.

"Mit viel Geld treten existenzielle Probleme in den Hintergrund und falsche Freunde in den Vordergrund", orakelte Fairbanks.

Nun wurde Jonas hellhörig. "Und Sie hegen den Verdacht, einer von diesen falschen Freunden könnte ihn auf dem Gewissen haben?"

"Falsche Freunde haben kein Gewissen, sie verfügen nur über die Fähigkeit eines vorzutäuschen! Übrigens verkehrten hier - im wahrsten Sinn des Wortes - auch einige Freundinnen! Die sind um keinen Deut besser als die männlichen Abzocker."

"Ich könnte mir vorstellen, dass Sie ziemlich wütend waren, als Sie mitbekamen, wie sich der Hausherr hier von den Falschen ausnehmen ließ, während Sie komplett leer ausgingen!"

"Haha, das ist doch verständlich", gab er zu. "Allerdings reichte meine Wut nicht für einen Mord aus."

Es wäre clever von dem Alten, mich auf die falsche Spur zu locken, allerdings sieht er nicht so hintertrieben aus, überlegte Jonas, eher wie ein simples Gemüt.

"Ich bin nur ein einfacher Mann", behauptete Fairbanks beinahe so, als hätte er seine Gedanken gelesen. "Mir liegen Intrigen nicht, sonst hätte ich wohl versucht, dem Nabob die Augen über seine sogenannten Freunde zu öffnen, den männlichen wie den weiblichen, obwohl er mir wahrscheinlich nicht geglaubt hätte... Jedenfalls sah ich dem ganzen Treiben mit einiger Schadenfreude zu, denn ich ahnte schon, was kommen würde..."

"Sie ahnten, dass er eines gewaltsamen Todes sterben würde?"

"Yeah. Und zwar lange vor seiner Zeit. Glauben Sie mir, diese gelangweilten Reichen fordern ihr Schicksal regelrecht heraus. Sie sind immer auf der Suche nach neuem Nervenkitzel, neuen Spielen, neuen Reizen und irgendwann... Ende!"

"Hm!" Da könnte er nicht unrecht haben, dachte Jonas, so wie es hier aussieht, protzte der Hausherr mit seinem Reichtum, lockte sein Verhängnis in Gestalt zahlreicher Parasiten an, die nur mit monetären Mitteln bewegbar sind, und guckt womöglich aus dem Jenseits interessiert zu, WER jetzt das Rätsel um seinen unfreiwilligen Tod lösen kann. "Und könnten Sie mir einige Namen nennen?"

"Bedauere, die haben sich bei mir nicht namentlich vorgestellt!"

"Wer steht denn Ihrer Meinung nach ganz oben auf der Liste der Verdächtigen?"

"Eine Fotografin. Kam immer dienstags mit ihrer Kamera und knipste alles, was ihr vor die Linse kam. Den Nabob im Auto, den Nabob im Pavillon, den Nabob am Fenster, den Nabob auf dem Motorrad, den Nabob in der Hängematte und an einem Mittwoch liegt er auf einmal tot im Boot! Komisch, was? Mir kam er so vor, als litte er unter dem Stockholm-Syndrom mit einer selbst gewählten Geiselnehmerin."

"Und haben Sie der Polizei davon berichtet?"

"Glauben Sie, ICH mach deren Job???"

Agathas Geist ermittelt

"Hm-ja, wissen Sie was mir auffällt? Der Nabob-äh, der liebe Tote hatte gar keine Überwachungsanlage. Oder ist hier irgendwo eine ganz klein und unsichtbar versteckt?" Jonas ließ seinen Blick in alle Richtungen schweifen auf der Suche nach einer Kamera.

"Nein, ich konnte ihn leider nicht überreden, sich eine installieren zu lassen."

"Warum wollten ausgerechnet SIE, der ja unerlaubt auf seinem Grundstück nächtigte, ihn zu einer solchen Anlage überreden?"

"Weil mir unser Elektriker, ein gewisser Bootnail, das Angebot machte, ihn zu überreden, dafür sollte ich dann zehn Prozent der Auftragseinnahmen erhalten."

"Das wäre ein gutes Geschäft für Sie gewesen."

"Kann man wohl behaupten, denn der Nabob berief sich auf seine Überwachungsanlage in London, wo er ebenfalls ein großes Haus besaß, und meinte, er hätte dafür an die 20.000 Pfund springen lassen."

"Das finde ich aber seltsam, dass er in einem Haus eine Überwachung für nötig befand und im anderen nicht. Noch dazu, wo er hier doch dauernd logierte."

"Das ist nicht ganz korrekt, denn er logierte mal hier, mal da und in London wird wesentlich öfters eingebrochen als hier in der Provinz", erklärte er mit erhobenem Zeigefinger. "Dort stieg auch die Zahl der Gewalttaten durch Messer!"

"Und dennoch hat ihn just HIER sein Schicksal ereilt."

"Tja, Kismet, wie der Araber zu sagen pflegt", grinste Fairbanks und pfiff durch seine Zahnlücke.

"Sonst haben Sie niemanden außer dieser Fotografin in Verdacht?"

Geräuschvoll ließ er Luft durch seine Lippen vibrieren. "BRRR! Ja, einmal war so ein komischer Kauz in einer Fantasieuniform hier. Hat sich tierisch aufgeregt - worüber hab ich leider nicht mitgekriegt - und ist dann abgezogen. Aber den hab ich hier nur ein einziges Mal aus ziemlicher Ferne gesehen."

"Schade. Darf ich noch fragen, in WAS Sie nun das Geld investieren wollten, das Ihnen GPS verwehrte?"

"In Pferdewetten."

8. Kapitel: **Eine Überraschung jagt die andere**

Nun musste sich Jonas sputen, schließlich stand sein Date mit der hübschen Sherry auf seinem Zeitplan. Dazu wollte er sich noch frischmachen und umkleiden. In seinem Zimmer erlebte er eine üble Überraschung: offensichtlich waren seine Sachen durchwühlt worden und auf seinem Bett lag ein Blatt Hotelbrief-Papier, auf dem zu lesen stand: GET LOST!

- mit rotem Stift in holprigen Blockbuchstaben, so als hätte ein Rechtshänder mit links geschrieben. Dass er also abhauen sollte, riet ihm jemand, der nicht in

Diebstahlsabsicht seine Bleibe betreten hatte. Doch gerade nun fühlte sich Jonas bestärkt in seinem Drang, einen verzwickten Kriminalfall zu lösen. Schnell ordnete er seine Sachen wieder ein und legte den Beweiszettel mit den zwei Worten in seine Nachttischschublade.

Kaum vom Schock genesen, wollte Jonas endlich einen indiskreten Blick in sein erbeutetes schwarzes Büchlein des Nabobs werfen und kramte es aus seiner Sakkoinnentasche heraus. Ob der Einbrecher dieses Fundstück in meinem Zimmer gesucht hat, fragte er sich in einem Anfall von Paranoia, oder wollte sich irgendein Spaßvogel aus dem Hotel einfach die Zeit vertreiben. Ja, fiel ihm ein, es befinden sich genug Kinder in dem Hotel und eines könnte meine Ermahnung, doch leiser zu sein sowie den Ausdruck 'kleiner Terrorist', persönlich genommen haben.

Ausgestreckt auf seinem Bett hielt er nun das erbeutete Büchlein wie eine Trophäe in Händen. Fieberhaft blätterte er es durch. Es handelte sich hierbei um einen Taschenkalender, auf dessen Seiten manchmal Worte mit verschieden vielen Sternchen notiert waren. Hin und wieder fand er auch Einträge, die er selbst in seinem Taschenkalender stehen hatte: Friseurbesuch um 8.30 Uhr, Pediküre um 16.40, Henry Geburtstag, Banktermin um 14 Uhr, und so weiter. Doch die Worte Clumsy, Klickfun, Toffee, Squid, Quaks, etc. sagten ihm so überhaupt nichts...

Moment mal, wurde ihm langsam klar, könnten das -

"Klopf, klopf!" Mit diesen Worten machte sich die Geisterlady bemerkbar und materialisierte sich vor seinen Augen.

"Gut, dass Sie mir wieder Ihre Aufwartung machen", freute er sich. "Gerade fand ich mein Zimmer durchwühlt vor und im feudalen Haus des Mordopfers diesen kleinen Kalender, in welchem er offenbar seine sexuellen Aktivitäten mit den hiesigen Damen notierte, deren Vorzüge er mit einem bis fünf Sterne bewertete, so wie eine Kritik auf Amazon!

"Typisch Mann", kommentierte sie wenig überrascht.

"Noch dazu gab er ihnen Kosenamen wie Klickfun, Toffee, Clumsy - eventuell weil die Dame wie Heidi Klum aussah?"

"Oder auch ungeschickt war."

"Sie haben recht, liebe Lady, denn diese Clumsy hat nur einen Stern ergattert. Aber Klickfun, das könnte die Fotografin sein, von der mir Fairbanks erzählte, hat jeden Dienstag einen Eintrag und immerhin vier Sterne bei ihm erreicht. Eine Quaks hat ganze fünf Sterne abgestaubt. "

"Die Dame scheint ein Naturtalent zu sein."

"Ich geh mich kurz im Badezimmer frisch machen, Sie könnten einstweilen selbst Einsicht nehmen und mir sagen, was Ihnen so auffällt."

Durch die Badezimmertür hörte er ihren Beitrag: "Am Todestag finde ich keinen Eintrag, einen Tag davor verkehrte er dreisternig mit einer Poppy, was allerdings nicht heißen muss, dass sie sich über die geringe Bewertung so erregte, dass sie ihn am nächsten Tag erstach!"

Mit frisch geputzten Zähnen kam er wieder heraus und beschwerte sich: "Zu dumm, dass er uns keinen brauchbaren Hinweis auf seine Mörderin gab, denn die Ein-Stern-Damen wussten sicher nichts von seiner miesen Kritik."

"Was haben Sie denn erwartet? Den Hinweis: Falls ich getötet werde, kann es nur Foxy gewesen sein?"

"Was, eine Foxy gibt es auch?"

"Sowie eine Badger, eine Squirrel, eine Diva, eine Hornet, eine Milk, eine Poul-Poul, eine Whistle, eine Fruit, eine Soft-Gun, eine Crawl, eine Shadow und eine Spider. Aber hüten Sie sich davor, wegen des Harems vorschnell auf einen weiblichen Täter zu tippen", warnte sie ihn vor einem Tunnelblick.

"Spider? Ha, die Schwarze Witwe."

"Vielleicht meinte er auch nur eine Intrigenspinnerin", erklärte sie. "Denn eine Schwarze Witwe frisst das Männchen nach der Begattung und diese Spider traf er ziemlich häufig. Der muss enormen Samenüberschuss gehabt haben."

"Steht bei einer Dame irgendeine Bemerkung?"

"Ja, bei Badger stehen außer drei Sternen noch die Worte 'seit drei Jahren 29'. Wie die meisten Männer war er wohl nur auf ganz junges Gemüse erpicht", bemerkte sie mit strengem Blick.

"Eine Kränkung wegen des Alters könnte auch ein Motiv darstellen, was meinen Sie?"

"Alle menschlichen Emotionen dienen Mördern als Motiv!"

"Ich muss jetzt leider zu einem Malkurs", verabschiedete er sich und steckte seinen geheimnisvollen Fund wieder ein. "Wir sprechen uns hoffentlich später wieder."

Im Gemeindehaus suchte er auf dem Schwarzen Brett den richtigen Saal von Sherrys Malkurs. Dieser lag im Untergeschoß des Gebäudes und stellte sich als stickige 24 Quadratmeter-Abstellkammer heraus. Möglich auch, dass die Füße der Teilnehmer den unangenehmen Geruch, der durch das schmale Kippfenster nicht entweichen konnte, verbreiteten. Vier davon - je zwei männliche und weibliche mittleren Alters - hatten sich schon ihrer Fußbekleidung - Schuhen und Strümpfen, bzw. Socken - entledigt und warteten auf ihren hölzernen Stühlen offenbar auf die Kursleiterin. Unter dem grellen Neonlicht wirkten sie wie gut erhaltene Wasserleichen. Jonas lächelte allen zu, setzte sich auf einen noch freien Stuhl und freute sich schon auf das erhoffte Wiedersehen mit Sherry, der rotblonden Versuchung in sehr wohlgeformter Menschengestalt.

Unwillkürlich musste er an das schwarze Büchlein denken, in welchem sie eventuell unter einem Aliasnamen vorkam. Kurz nach seinem Eintritt schlüpfte auch sie in den Kursraum und hob zu einer kleinen Rede an.

"Wie schön, altbekannte Gesichter wiederzusehen, die sich der Kunst verschrieben haben! Und wir heißen nun ein neues Mitglied unseres Kurses herzlich willkommen, den Journalisten Mr. Jonas Jericho aus Australien!", führte sie ihn sogleich in ihre Runde ein.

Schon wollte er protestieren und AUSTRIA sagen. Und, dass es dort keine Kängurus gäbe wie in Australien, unterließ es jedoch. Es trübte den guten Eindruck eines Menschen, wenn er gleich bei seiner Vorstellung protestierte.

Alle nickten ihm zu, guckten dann auf seine Füße, die er daraufhin sofort von ihrer Umhüllung befreite. Seine Füße präsentierten sich zu seiner Erleichterung frei von Fußpilz und zu langen Zehennägeln, wie das öfters bei anderen vorkommen konnte, die ihre Gehwerkzeuge vernachlässigten.

"Ich traf ihn gestern und erzählte von meiner künstlerischen Tätigkeit hier, worauf er natürlich sofort mitmachen wollte", erklärte Sherry seine Teilnahme. "Ein echter Kunstfreund!"

Zustimmend nickte er und besah sich wieder seine Füße, die ihm im Vergleich zu denen der anderen ziemlich groß vorkamen.

"Ich verschwieg ihm allerdings, dass ich schon als anerkannte Malerin mit Porträts von einigen Landadligen Erfolge feierte, von denen ich allerdings mein Leben nicht bestreiten konnte. Man verdient einfach mit Kunst kein Geld. Daher griff ich zu dieser Gelegenheit und bringe nun anderen Leuten das Malen bei."

Jonas wollte einen Witz machen und sagte lächelnd: "Also Sie bringen jetzt anderen Leuten bei wie man kein Geld verdient?"

Gelächter erfüllte den Raum, verdrängte kurzfristig den miefigen Gestank. Das Gesicht der lehrenden Künstlerin veränderte sich ins Säuerliche.

"Also wirklich, Mr. Jericho, damit macht man keine Witze! Keiner hier im Raum hat es nötig, sich mit seinem Hobby Geld zu verdienen. Es ist eine Entspannungsmöglichkeit, sich mit Kunst auf andere Gedanken zu bringen, den Kopf von der Tristesse des Alltags freizubekommen!"

"Jaja, ich wollte nur etwas Heiterkeit veranstalten."

Ohne seine halbherzige Entschuldigung zu würdigen, begann sie nun die Malfarben auszuteilen sowie den Teilnehmern weißes Papier vor die Füße zu legen.

"Als Thema nehmen wir diesmal unser Lieblingstier! Das ist eine lösbare Aufgabe auch für unseren Neuling", stellte sie fest.

Mit wenig Begabung, dafür aber großem Enthusiasmus begann er mit brauner Farbe einen Hund zu malen, wobei er vor allen seinen großen Zeh beanspruchte.

"Sie können auch die anderen Zehen zum Malen nutzen, Mr. Jericho", erinnerte ihn Sherry, die mittlerweile die fertigen Bilder aus den vorherigen Malstunden mit Gafferband an die Wand klebte.

Es befanden sich wahre Kunstwerke unter diesen Bildern. Ein Dinosaurier, ein Papagei, ein Haus, ein Auto, ein Turm, eine Burg, ja sogar ein Stilleben mit einer Obstschale, in welcher sich eine Banane, eine Ananas, ein Apfel und eine Birne sowie blaue Trauben befanden.

"Wirklich, man könnte meinen, die Künstler haben das alles mit den Händen gemacht", lobte Jonas, der die Werke wohlwollend von seinem Stuhl aus beäugte.

"Tja, da sehen Sie mal, was in manchen Menschen für ein Talent schlummert, das nur darauf wartet, von der richtigen Person geweckt zu werden", erklärte sie stolz und es war allen klar, dass sie mit 'der richtigen Person' sich selbst meinte. "Das sind alles die Gemälde meiner vorigen Malgruppe."

"Gehörte zu dieser Gruppe auch Mr. Simmons?", erkundigte sich Jonas, der aufgestanden war, um sich die Werke etwas näher anzusehen.

"Ja, er malte den Dinosauerier und signierte ihn am Schwanz", antwortete sie ohne erkennbare Gefühlsregung.

Tatsächlich fand er am Schwanz des grünen Urzeittieres die Buchstaben GPS ineinander verschlungen vor. Neben seinem Bild hing das eines Papageis, das den Namen der Malerin rechts unten trug: Cecily Vanderberg.

Sherry fiel Jonas' Blick darauf an, sodass sie sich bemüßigt fühlte anzumerken: "Miss Vanderberg verstand sich im Kurs übrigens überhaupt nicht mit Mr. Simmons. Der Vogel ist ihr Papagei Kroki, den sie in ihrem komfortablen Haus hegt und pflegt wie ein Kleinkind."

"Sehr interessant!" Jonas prägte sich den Namen ein, um sich bei der Dame bei Gelegenheit nach ihrem schlechten Verhältnis zum Ermordeten erkundigen zu können.

"Darf ich Sie zum Essen einladen?", fragte eine Teilnehmerin, die sich ihm als Lady Willow vorstellte.

"Da sag ich nicht nein!"

"Dann kommen Sie doch am Montag um halb eins in meine bescheidene Behausung", flötete sie und fuhr sich mit den Fingern durch ihr mahagonigefärbtes Haar.

Auf der schwarzen Visitenkarte, die sie ihm übergab, stand mit schön geschwungener Silberschrift VILLA WILLOW. Darunter die Adresse. Die Behausung schätzte er deswegen so wenig bescheiden ein wie die protzige Karte. Penibel trug er sich den Termin in seinem Smartphone-Kalender ein.

Am Weg zurück ins Hotel präsentierte sich ihm ein roter Abendhimmel, der aussah als hätten die Wolken Feuer gefangen.

Schade, dass mich die reiche Lady nicht sofort zu sich zum Abendessen eingeladen hat, bedauerte Jonas, denn sein Magen knurrte wie ein zorniger Kampfhund.

9. Kapitel: **Fotografie ist ein Stück Leben**

Von Fairbanks auf die Spur gebracht, wollte Jonas heute als nächstes die verdächtige Fotografin treffen. Die Überschaubarkeit des Städtchens ließ ihn ihr feines Atelier leicht finden. Ein bunter Blumenstrauß in einer gelben Vase lenkte im Schaufenster von den Schwarz-Weiß-Fotos ab, welche je eine der Blumen in einer Nahaufnahme zeigten.

Prima Idee, überlegte Jonas, die Fotos zeigen mit den herangezoomten Blütenblättern, Blütenstempeln und deren unzähligen Pollen das Genie der Natur. Die Dame scheint mir eine feinfühlige Person zu sein. Aber auch die feinfühligste Frau kann in einer Ausnahmesituation zur Mörderin werden.

Bei seinem Eintreten in das *Holly Peterson Photo-Atelier* ertönte eine altmodische Klingel. An dessen Wänden betrachtete er Farbfotos von Häusern, Jachten und Oldtimern, die von den Engländern Vintage Cars genannt wurden. Auch einige Porträts von den Dofbewohnern befanden sich darunter, allerdings kein einziges von dem Opfer.

"Kann ich Ihnen irgendwie helfen?", fragte sie fast schüchtern. In ihrem weißen Kleid wirkte die aparte Blondine wie eine Schülerin auf dem Weg zur Kommunion.

Nach seiner kurzen Vorstellung verwickelte er sie in ein unverbindliches Gespräch über die Kunst der Fotografie, wobei er ihr zuerst ein Lob über die Schaufenstergestaltung aussprach.

"Danke, Fotografieren ist wirklich eine Kunst, die man erlernen muss. Man kann ein Stück Leben für die Ewigkeit auf ein Stück Papier bannen."

"Entwickeln Sie die Filme aus analogen Kameras auch selbst?"

"Selbstverständlich. Im Zuge der Retrowelle greifen immer mehr Kunden auf altmodische Spiegelreflexkameras zurück und bringen mir ihre Urlaubsfotos zur fachgerechten Entwicklung. Einige lassen sich auch von mir damit porträtieren oder laden mich auf ihr Grundstück ein, um ihr Haus abzufotografieren."

"Und was fotografieren Sie persönlich am liebsten?"

"Eigentlich ... Kinder! Die sind die dankbarsten Motive. Sogar ein schlechter Fotograf schafft es, von einem Kind ein gutes Foto hinzubekommen."

"Also, nach dem, was ich hier so sehe, sind Sie alles andere als ein schlechter Fotograf."

Sein ehrliches Kompliment entlockte ihr ein bezauberndes Lächeln, das es ebenfalls wert gewesen wäre, für die Ewigkeit auf Papier gebannt zu werden.

"Ich fotografiere für mein Leben gern!"

"Und, wenn ich mir die Frage erlauben darf, kann man davon hier leben, Miss Peterson?"

"Nun ja, ich reise manchmal in der Gegend herum. Kürzlich bekam ich den Auftrag, eine luxuriöse dreitägige Hochzeit im Atwood-Castle zu dokumentieren. Ein Bollywoodstar ließ sich das einiges kosten."

"Oho, gratuliere, aber solche lukrativen Aufträge trudeln wohl nicht oft ein."

"Das ist richtig. Mit knapper Kalkulation komme ich ganz passabel über die Runden. Und Sie?"

"Ich betätige mich momentan als Reisejournalist in Ihrer wunderbaren Gegend. Wenn ich sie mir so ansehe, dann werde ich ganz nostalgisch." Verträumt verdrehte er unwillkürlich die Augen.

"Oh, Nostalgie sind die Ketten, die uns daran hindern, unbeschwert in die Zukunft zu gehen", orakelte sie.

"Äh-ja, natürlich. Natürlich benötige ich aber für meine Dokumentation auch eine Kamera, die ich mitunter ebenso kunstvoll einsetze wie Sie. Ursprünglich wollte ich mir eine neue zulegen, doch jetzt trage ich mich mit dem Gedanken, anstatt der Kamera gleich die Fotografin einzusetzen. Sie sind ja wirklich eine Meisterin an diesem Gerät." Hoffentlich klang das jetzt nicht zu geschwollen, hoffte er.

"Die Kamera ist mein Sicherheitsventil, hinter dem ich einfach verschwinden kann. Sie bewahrt mich davor, in eine für mich schreckliche Realität gezogen zu werden. Wie eine unsichtbare Barriere steht sie zwischen mir und der Wirklichkeit..."

"Ja, die Realität ist ja ziemlich variabel. Je, nachdem wer sie beschreibt oder abbildet, erzählt sie dem Konsumenten der Nachrichten eine andere Geschichte... Haben Sie irgendwelche Tricks auf Lager?"

"Tricks? Nein, das ist alles harte Arbeit!" Holly hob den Kopf, so als wäre sie unendlich stolz darauf.

"Das glaube ich schon, und gewisse Tricks erleichtern Ihnen die Arbeit, oder nicht?"

"Ja, aber als Journalist verwenden Sie doch auch gewisse Tricks, oder etwa nicht?"

"Nun ja... ", druckste er herum. "Als Journalist verwendet man schon mal beispielsweise operative Texte, in welchen man etwas hineingeheimnissen kann, mit denen man die Leser in eine bestimmte Richtung denken lassen will. Nicht bei Nachrichten, sondern bei Features, in der Kommunikationswissenschaft auch

Framing genannt. Ein Sachverhalt wird in einen bestimmten Kontext gesetzt, wie etwa 'Der Irre aus Pjöngjang', sodass alles, was dieser sagt, gar nicht ernst genommen werden kann."

"Interessant..." Ihre Augen wanderten neben ihm ins Leere, scheinbar dachte sie nach, wie sie das eben Erfahrene zu ihrem Vorteil nutzen konnte.

Auf Jonas strahlte sie eine gewisse Anziehungskraft aus, welche er der Mischung aus ihrem attraktiven Aussehen und der latenten Gefährlichkeit, eine Verdächtige zu sein, zuschrieb. Gern würde er sie näher kennenlernen und so nahm er all seinen Mut zusammen: "Was halten Sie davon, morgen mit mir raus aus dem bebauten Gebiet in die pure Botanik zu wandern, sozusagen am Busen der Natur ein Picknick zu veranstalten?"

"Oh, das wäre wundervoll, wenn Sie den Korb packen, dann bringe ich die Decke und meine Kamera mit", schlug sie ganz bezaubernd lächelnd vor.

"Einverstanden, äh- sind Sie Veganerin?"

"Du liebe Güte, nein, ich liebe Fleisch, Wurst und Fisch."

"Perfekt, dann werde ich ein Potpourri aus all den genannten Köstlichkeiten zusammenstellen", versprach er. "Ich miete ein Cabrio und hole sie dann um Elf Uhr ab, wenn es Ihnen recht ist!"

"Ich freue mich schon darauf!"

Auf dem Weg zurück zu seinem Hotel überlegte er sich schon, was er zu diesem Anlass wohl anziehen sollte. Da eine Person wie Holly schon von Berufs wegen auf das Visuelle konzentriert war, musste er natürlich bestmöglich gekleidet erscheinen.

Mein heller Sommeranzug wird mir diesbezüglich gute Dienste erweisen, dachte er, es wäre Geldverschwendung, mir extra einen neuen Anzug zuzulegen.

Der Geist Agathas erschien ihm im Schlaf und sie wies ihn extra darauf hin, den Inhalt der Handtasche seiner morgigen Begleitung unter die Lupe zu nehmen.

10. Kapitel: **Das prekäre Picknick**

Erwartungsfroh stand sie in einem geblümten Kleid, Schuhen mit Wedges-Sohlen, einer über dem Arm gefalteten karierten Decke und einer großen braunen Handtasche schon am Straßenrand, als Jonas in dem gemieteten Cabrio - ein Triumph-Spitfire - auftauchte. Auf dem schmalen Rücksitz einen prall gefüllten Picknickkorb aus dem Supermarkt.

"Sie lassen sich den Ausflug ja einiges kosten, wie ich sehe", stellte sie lächelnd fest und schwang sich auf den Beifahrersitz.

"Für eine attraktive Lady scheue ich weder Mühe noch Kosten. Ich habe schon eine Idee, wo wir auf der Suche nach einem guten Platz für unser Picknick fündig werden", versprach er und gab Gas.

Das Auto gehorchte jeder kleinen Bewegung am Lenkrad und stammte doch aus einer anderen Epoche der Technik. Keine Elektronik, keine Radarwarnung - die hierorts auch nicht nötig schien - und keine sonstigen Extras. Es fühlte sich an wie eine Zeitreise in eine zwar nicht bessere, aber immerhin noch etwas einfachere Epoche.

"Sie sind ein toller Autofahrer", schmeichelte sie ihm und strich ihm wie zufällig über sein Knie. "Wie sind Sie eigentlich hierher gereist? Mit dem Privatjet?"

"Neiiin", antwortete er fast empört. Scheinbar hielt sie ihn für einen reichen Mann, der seinen Beruf nur als Hobby betreibt. "Mit dem Zug."

"Ach ja", seufzte sie, während ihre Haare verführerisch im Fahrtwind wehten. "Sie werden es nicht glauben, manchmal überfällt mich das große Fernweh, da will ich einfach auf einen fahrenden Zug aufspringen, mich irgendwohin bringen lassen, nur zum Spaß, um ein Abenteuer wie im Film zu erleben."

"Doch das glaub ich Ihnen sofort! Träumen darf man ja schließlich."

"Als Hollywoodfilmkonsumentin bin ich schon sowas wie eine Expertin in der Erstellung von Traum-Plots."

Nach einer halbstündigen Fahrt, während der sie Smalltalk über England und den Rest der Welt führten, parkte er an einem Rastplatz. Beide atmeten tief ein, genossen die frische Landluft und wanderten mit Korb und Tasche durch eine saftig grasgrüne Landschaft. Leichter Wind wirbelte ihr Haar durcheinander, als sie aus ihrer Tasche eine Kamera herausholte. Zuvorkommend nahm ihr Jonas die Decke ab, damit sie besser damit den fröhlichen Ausflug dokumentieren konnte.

"Die englische Natur ist wahrlich ein Traum", bemerkte er, der den Korb neben sich hin und herschwang. "Diese endlos weite Landschaft mit ihren ganz verschiedenen Nuancen der Farbe der Hoffnung - Grün. Man hat das Gefühl, dass selbst bei Regen hier noch die Sonne in Strömen scheint. Muss schön gewesen sein, hier aufzuwachsen, nicht wahr?"

"Als Kind quälten mich öfters Albträume", gestand sie ihm, mit einem Mal sentimental geworden und fotografierte wie beiläufig, während sie neben ihm herschlenderte. Auf ihrem Haar tanzten goldene Lichtreflexe.

"Verstehe, aufgrund unaufgearbeiteter Konflikte."

"Nein, eher aufgrund nicht jugendfreier Filme, die mich in Aufregung versetzten." Ihr Jasminparfüm drang in seine Nase.

Ihr Duft löste in ihm Assoziationen an eine frühere Freundin aus. "Und Sie träumten sich das schlimme Ende schön?"

"Nein, über diese Macht verfügte ich leider nicht. Einzelne Träume wollten mir sagen: so, wie du es dir vorstellst, geht es nicht, aber anders. Und das Ende fiel dann unerwartet, meist düster aus. Es beruhigte mich, wenn ein Traum mir bessere Alternativen aufzeigte. Daher begann ich auch Tagebuch zu schreiben, weil einem da auch einige Alternativen zur Realität offenstehen."

"Aha, Sie beschönigten einige Ihrer Erlebnisse im Tagebuch."

"Richtig, und es las sich danach auch für meine wissbegierige Mutter viel besser, haha." Knipsend und kichernd begleitete sie ihn.

"Ich hoffe, ich darf Ihnen einige Fotos von dieser Serie abkaufen?"

"Das hoffe ich auch, haha!" Ihr Lachen fiel kurz, dafür laut aus. Auf ihrem sonnengebräunten Gesicht zeichneten sich dabei etliche Fältchen ab, die sich in vielen Jahren wohl tiefer eingraben würden. Doch hier und heute kostete sie ihre Jugend aus, indem sie manchmal zwischen zwei Schritten einen Hopser machte.

Nach kurzer Suche fanden sie ein herrliches Plätzchen unberührte Natur im Grünen auf einem sanften Hügel. Von dort oben sah das teils zwischen Wäldchen versteckte idyllische Dorf unter ihnen wie eine Spielzeugkulisse für eine Modelleisenbahn aus.

Im Rausch der Gefühle bemerkte er: "Ist das nicht ein einmaliger Ausblick? Eine Aussicht, welche das menschliche Auge auf einen unendlichen Weg ohne Grenzen führt, unendlich in seiner natürlichen Perfektion, seiner geometrischen Reinheit, jenseits aller Leiden dieser unperfekten Welt."

"Mhm", machte sie. "So etwas Ähnliches habe ich in einem Buch gelesen, allerdings weiß ich nicht mehr in welchem."

"Ja", gab er etwas enttäuscht zu, "das kann sein..."

Während sie den mitgebrachten Aufschnitt aus verschiedenen Wurstsorten zwischen weichen Sandwiches mit Gurkenscheiben aßen, überlegte er fieberhaft, wie er ohne Verdacht zu erregen herausfinden sollte, ob der Verdacht gegen sie zu recht bestand. Schließlich fiel ihm sein Traum ein.

"Haben Sie sich eigentlich auch schon gefragt, was die Queen so in ihrer Handtasche herumträgt?"

"Wie bitte?" Etwas irritiert blickte sie von ihrem Sandwich zu ihm.

"Naja, Queen Elizabeth trägt ihre Handtasche nicht nur mit sich, um ihren Begleitern zu signalisieren, dass sie sich langweilt und einen Ortswechsel wünscht."

"Ach sooo, jaja, ich verstehe, dass es für einen Journalisten interessant sein muss, was so eine hochgestellte Persönlichkeit in der Handtasche so mit sich führt."

"Was tragen SIE denn so mit sich, wenn die Frage nicht zu indiskret ist?"

"Haha, natürlich nicht, warten Sie, wir können dieses Rätsel leicht lösen", versprach sie und öffnete ihre braune Tasche, sodass der Inhalt sichtbar wurde. "Meine Geldbörse, mein Schminktäschchen, Papiertaschentücher. ein Stofftaschentuch, einen Kugelschreiber, ein Notizbuch, eine Haarbürste, einen Spiegel, ein Smartphone - sehr wichtig -, eine Zeitung, ein Buch, falls ich mich langweile, ein Parfümfläschchen, ein Tuch, das man sowohl um den Kopf als auch um den Hals schlingen kann, einen kleinen Plüschlöwen als Talisman - ist übrigens auch mein Sternzeichen - und eine Wasserflasche für den Durst ist auch immer dabei, unabhängig davon, ob ich zum Picknick eingeladen bin oder nicht."

"Sie sind ja wirklich exzellent ausgerüstet", lobte er sie, ohne nachzufragen, wozu sie eine Schachtel Medikamente mit sich führte. Auf der Packung stand gut leserlich 'Luvox' und er nahm sich vor, bei nächster Gelegenheit zu erforschen, wogegen diese Medizin helfen sollte. "Falls Sie einmal im Wald herumirren, können Sie mit dem Spiegel Lichtzeichen geben, um auf sich aufmerksam zu machen, während Sie sich an der Wasserflasche laben."

"Und während ich auf Hilfe warte, lese ich das Buch", setzte sie amüsiert fort.

"Was lesen Sie denn am liebsten?"

"Biografien historischer Personen, von denen ich noch etwas lernen kann. Zum Beispiel von Napoleon. Wie der vom General zum Kaiser avanciert ist, alle wichtigen Posten mit seinen Verwandten besetzte, das hat mir schon als Kind sehr imponiert."

"Oh ja, der Kaiser der Franzosen ist auch heute noch für viele Politiker ein Vorbild."

Mittlerweile war es Punkt 12 Uhr. High Noon! Die Sonne brannte wie eine Lupe auf die beiden Picknicker herab und sie öffnete die obersten Knöpfe ihres Kleides, zwinkerte oder blinzelte ihm zu und öffnete leicht ihren Mund.

"Wussten Sie eigentlich, dass laut einer Studie zwei Drittel aller Menschen ihren Kopf beim Küssen nach rechts drehen?"

Die Frage irritierte ihn ein wenig und er wusste nicht recht, ob sie ihn zu einem Kuss animieren oder einfach nur informieren wollte. Da kam eine Biene daher und zerstörte mit lauten Gesumme die erotisch aufgeladene Stimmung.

"AAAH", rief sie aus und wedelte empört mit einer Hand das aufdringliche Insekt fort.

"Vorsicht", warnte er sie, "nicht zu wild bewegen, sonst wird die fleißige Biene wild!"

Zu spät, denn das Bienchen wurde bösartig und stach die Fotografin einfach in die Unterlippe.

"IIIIIHHH!"

"Ganz ruhig, ich ziehe Ihnen den Stachel vorsichtig heraus, sonst pumpt er weiter Gift in ihre Lippe." Vorsichtig zog er den Stachel heraus. "So, jetzt ersparen Sie sich das Aufspritzen!"

"Haha", lachte sie gequält. "Mein Mund war natur pur! An kosmetische Veränderungen dachte ich nie, auch wenn sie mir wärmstens empfohlen wurden."

"ACH? Wer empfiehlt einer so perfekten Dame wie Ihnen denn eine Schönheitsoperation?"

"GPS!" Die drei Buchstaben kamen ihr spontan über die halb geschwollenen Lippen und nun sah sie aus, als bereute sie es schon, sie ausgesprochen zu haben.

"Dieser Nabob hatte ja Nerven."

"Oh ja, er war einerseits sehr einfallsreich, doch andrerseits auch ziemlich unverschämt."

"Haben Sie ein Beispiel seiner Unverschämtheit zu erzählen?"

"Einmal kam ich wohl ungelegen und er rief durch die geschlossene Eingangstür: Gehen Sie weg, ich bin nicht zu Hause!"

"Frechheit! Den hätte ich nie wieder besucht."

"Das nahm ich mir auch vor, nur kam er dann eine Stunde später zu mir, entschuldigte sich mit einem Strauß gelber Rosen und gab mir den Auftrag, ihn auf seinem neuen Motorrad zu fotografieren." Bei dieser Auskunft befummelte sie ihre immer dicker werdende Lippe.

Nachdem das aufdringliche Insekt die Stimmung zwischen ihnen ohnehin schon zerstört hatte, beschloss er einfach, ihr die für ihn interessante Frage zu stellen: "Wer, denken Sie, hat GPS umgebracht?"

Spontan zuckte sie die Schultern. "Keine Ahnung, das heißt, eigentlich kenne ich da jemanden, der es gewesen sein könnte: lebt auf seinem Grundstück und hat ein Gebiss wie ein kaputter Gartenzaun."

11. Kapitel: **Der Zauberer**

Dichter Nebel legte sich wie eine schwere Wolldecke über das ganze Dorf. Eine Decke, welche scheinbar die Gesprächigkeit der Bewohner erstickte. Denn als Jonas am Frühstückstisch Platz nahm, herrschte um ihn herum eine geradezu friedhofsähnliche Stille. Schweigend und ohne zu schmatzen, nahm er Tee und die gerührten Eier vom Frühstücksbuffet zu sich. Dann fasste er spontan den Entschluss, Fairbanks einen Besuch abzustatten. Schon wollte er sich erheben, als ein anderer Gast des Hotels zu ihm kam. In seinem Glencheck-Anzug wirkte er mit seinem athletischen Körperbau wie ein Filmheld aus den Siebzigerjahren. Auch die passende Haartracht - etwas länger über die Ohren reichendes Blondhaar - vermittelte den damaligen Zeitgeist.

"Sie sind doch der Journalist?"

"Ja?" Was kommt nun, fragte er sich, vielleicht ein neuer Hinweis.

"Darf ich mich zu Ihnen setzen?" Bei dem Satz hatte er schon seinen Frühstücksteller auf den Tisch gestellt.

"Gerne! Sie kennen meinen Beruf, darf ich den Ihren wissen, Mr...?"

"Groves! Arthur Groves, Archäologe! Vor kurzem erforschte ich noch die Küsten Devons."

"Aha, Ihr Metier ist scheinbar die Vergangenheit."

"Ein Schlüssel zum Glück - oder zumindest zur Zufriedenheit - ist es, nicht mehr an die Vergangenheit zu denken. Unabhängig davon, ob sie negativ oder positiv war. War sie gut, dann bedauert man, dass sie schon vorbei ist, war sie schlecht, grübelt man darüber nach, was man hätte anders machen können."

Och, dachte Jonas enttäuscht, der will nur philosophieren, das wird langweilig. "Haben Sie sich mit dieser Einstellung nicht den falschen Beruf ausgesucht?"

"Kaum, denn die geschichtliche Vergangenheit ist wiederum äußerst interessant für uns alle." Auf Mr. Groves Teller befanden sich vor allem Würstchen und Bohnen mit Speck, die er äußerst hungrig ansah.

"Ha! Wie sagte einst Madame Pompadour so schön: Hinter uns die Sintflut!"

"Ja, und was passierte? Rübe ab während der Französischen Revolution!" Herzhaft schaufelte Groves die Bohnen mit Speck in seinen Mund.

"Allerdings nicht für die Pompadour, diese Kurtisane erlag einem Lungenleiden. Also hatte sie wohl recht, dass erst hinter ihr die Sintflut in Form der Guillotine ihre Nachfolgerin Madam Dubarry um einen Kopf kürzer machte!"

Nachdem Groves artig hinuntergeschluckt hatte, tupfte er sich mit einer der Serviette am Tisch die Mundwinkel ab und zeigte dann auf seinen halb leeren Teller. "Ich esse vor allem Fleisch und bedaure alle Vegetarier. An unseren Zähnen ist eindeutig zu erkennen, dass wir Fleischfresser sind. Diese vegetarische Kost macht Männer zu energielosen Wichten."

"Eine interessante Hypothese. Es könnte allerdings auch daran liegen, dass manche Männer mit dem neuen Frauenbild nicht richtig umgehen können. Denn die Damen werden immer selbstständiger und brauchen nicht einmal für die Empfängnis einen Erzeuger ihres Nachwuchses."

"Ja, von diesen Wunschkinder-Laboren hörte ich, doch für die Samenspende ist immer noch ein Mann vonnöten, oder etwa nicht?"

"Das schon, doch für die Aufzucht schon lange nicht mehr."

"Ach lassen wir das. Was ich Sie eigentlich fragen wollte..." Nun setzte er eine gewichtige Miene auf. "Ich bin nämlich ein begeisterter Hobbymagier und bemühe mich um einen Auftrittsort."

"Das Gemeindehaus könnte ich Ihnen wärmstens empfehlen, dort finden auch Kurse für Künstler statt, die ihre Gemälde mit den Füßen malen!"

"Oho! Danke für den Tipp! Wenn ich nun einen Auftritt bekomme, würden SIE dann den Freiwilligen mimen?"

"Herzlich gerne!"

"Danke-äh, Sie leiden hoffentlich nicht an Klaustrophobie?"

"Nein, danke der Nachfrage, vor derlei Unannehmlichkeiten bin ich glücklicherweise gefeit."

"Ausgezeichnet! Ich verlasse mich dann auf Sie und reserviere Ihnen natürlich eine Freikarte für meinen Auftritt!"

"Ich freue mich schon darauf. So, nun werde ich mal wieder die kleine Stadt hier unsicher machen", kündigte er an und verließ seinen neuen Freund. Er trug sich mit dem Gedanken, den zwielichtigen Fairbanks aufzusuchen und ihm erneut auf den Zahn zu fühlen.

Während er noch überlegte, ob er ein Taxi anstelle des Busses nehmen sollte, kam er an einer Parfümerie vorbei. Ein Schild verriet deren Namen: Le Chat Noir.

Sein Französisch reichte um zu verstehen, dass das 'die Schwarze Katze' hieß, im Französischen eigentlich 'DER Schwarze Katze' - mit männlichem Artikel davor. Schon bei seinem Eintritt umfing ihn ein herrlicher Wohlgeruch nach diversen Essenzen, die er jedoch nicht zuordnen konnte. Es musste wohl alles Mögliche an Duftstoffen darin sein, vom Weihrauch bis zum Rosenwasser. Entweder handelte es sich um ein neues Parfüm oder einen Mix aus den ganzen Duftproben, die täglich an Kundinnen verabreicht wurden. Eine junge Dame mit pechschwarzen, schulterlang gewellten Haaren tauchte aus dem Hintergrund auf, ihre Augen leuchteten veilchenblau. Darauf abgestimmt trug sie auch einen kurzen veilchenblauen Kittel, an dessen Oberteil ein Namensschild zeigte, wer ihn gleich freundlich lächelnd bedienen würde: Miss Tipsitt!

"Schönen guten Morgen, Sir, was darf ich Ihnen zeigen?"

Am liebsten hätte er geantwortet: das, was Sie unter Ihrem Kittel alles verstecken, meine Schöne. Doch das wäre ziemlich ungezogen gewesen, daher nickte er nur kurz und nannte die Bezeichnung seines liebsten After Shaves: "Russisch Leder, wenn Sie es haben."

"Das könnte möglich sein. Eine ausgezeichnete Wahl. Einen Augenblick bitte", hauchte sie und entschwand auf ihren High Heels eilends nach hinten, um eine Packung des gewünschten Artikels zu holen.

Hoffentlich hat sie es nicht, wünschte sich Jonas, denn dann wird sie sicher aus lauter Pflichtbewusstsein meine Einladung annehmen, die ist ein wahres Eye-Candy - Zucker für meinen Sehnerv.

Schon kam sie wieder mit enttäuschter Miene nach vorn und piepste mit plötzlich viel höherer Stimme als zuvor: "Es tut mir furchtbar leid, doch leider habe ich diese Marke nicht auf Lager, aber ich kann sie Ihnen gern bestellen. Ich liefere auf Wunsch auch frei Haus!"

"Ja, wenn es keine Mühe macht..."

"Überhaupt nicht, darf ich Ihren werten Namen wissen?"

"Jonas Jericho, Journalist auf Erkundungstour durch Ihr schönes Land."

"Oh, welch anregender Beruf", sagte sie und schrieb sich seinen Namen auf den Bestellblock. Um ihr linkes Handgelenk klimperte ein großes Gliederarmband aus Gold mit blauen Saphiren.

Mit Edelsteinen kannte sich Jonas gut aus, da seine Ex-Freundin ihn darüber aufklärte. Er hatte damals gleich wissen sollen, welcher Stein ihr Favorit war, um ihn ihr zu Weihnachten zu schenken.

"Haben Sie nach Ladenschluss eventuell noch Zeit, um mir einige Sehenswürdigkeiten Ihrer Stadt zu zeigen?"

"Aber ja, sehr gern. Treffen wir uns am besten auf der Jersey-Street - da wohne ich auf Nummer 11 - um halb vier Uhr."

"Ich fiebere diesem Erlebnis regelrecht entgegen, Miss Tipsitt. Brauchen Sie eine Anzahlung für mein After Shave?"

"Nein, natürlich nicht, außer Sie bestellen gleich eine ganze Gallone von dem Schönheitswasser, hihi!"

"Das wäre sogar mir zuviel, dann bis nachmittags, Miss Tipsitt!"

"Bis nachmittags, Mr. Jericho!" Dabei winkte sie in scheinbar echter Vorfreude - ihr Charme konnte als magnetisch bezeichnet werden.

Beschwingt verließ er den Laden und stellte sich das Treffen bereits vor. Was sollte er sagen und wie sollte er ganz nebenbei etwas über den Fall GPS in Erfahrung bringen. Denn es war ihm sonnenklar, dass der Verblichene mit seinem exklusiven Geschmack etwas mit dieser süßen Verkäuferin, die eine ganze Menge Sexappeal ausstrahlte, angefangen haben musste.

Wieder überlegte er, wie schon zuvor, ob er den Bus oder ein Taxi nehmen sollte. Denn für eine längere Wanderung in die grüne Umgebung der Stadt hatte er definitiv die falschen Schuhe an. Obwohl er recht kommod damit einherging, wollte er dann doch in den Bus steigen und suchte eine Station.

Nach kurzer Fahrt stieg er aus und schlenderte durch die ihm schon bekannte Gegend dahin. Auf dem Weg zum Grundstück von GPS kam ihm Fairbanks schon entgegen.

"Nanu, Mr. Jericho, was führt Sie schon wieder zu mir? Sehnsucht nach einer neuerlichen Führung durch das Haus eines Mordopfers?"

"Ehrlich gesagt mehr ein Hinweis einer Dame. Sie verdächtigt Sie, etwas mit dem Tod von GPS zu tun zu haben."

"Also das ist eine Unverschämtheit. Ich fühle mich beraubt."

"Ihres guten Rufes beraubt?"

"Nein, durch den unnatürlichen Tod meines Unterkunftgebers meiner natürlichen Wohnstätte beraubt."

"Aber er duldete Sie doch nur auf seinem Grundstück", relativierte Jonas diese Behauptung.

"Schon, doch er hätte mich ganz leicht davon vertreiben können. Es wäre wirklich mehr als undankbar von mir gewesen, ihn so einfach aus der Welt zu schaffen! Schließlich stand ich sicher nicht in seinem Testament. Haben Sie schon in Erfahrung bringen können, wer jetzt der glückliche Erbe oder die Erbin ist?"

"Äh- nein, das werde ich am besten in der öffentlichen Bibliothek in Erfahrung bringen, dort wissen die Bibliothekare solcher Kleinstädte oft ganz genau über derlei Umstände Bescheid und sind sehr auskunftsfreudig."

"Bei uns nicht! Der Bibliothekar in unserer Bibliothek hat mich mehrfach aus dem Lesesaal gescheucht, weil ich zu laut gelacht habe. Übrigens könnte ich auch ein Buch schreiben. Der Inhalt würde einen irrwitzigen Parforceritt über mein Leben abgeben!" Aus der Brusttasche seiner Natojacke holte er ein Fläschchen Nasentropfen heraus und träufelte sich einige Tropfen in sein linkes Nasenloch. "Eine meiner Nebenhöhlen ist verstopft!"

Da fiel Jonas wieder ein, was er sich vorgenommen hatte. "Apropos Medikamente, wissen Sie zufällig wogegen 'Luvox' hilft?"

"Gegen Depressionen. Habe ich auch mal genommen."

Die Fotografin hat also Depris, überlegte Jonas, eventuell weil sie von GPS abgewimmelt wurde?

"Kann ich sonst noch etwas für Sie tun?"

"Ja, wissen Sie wo sich die Jersey-Street befindet? Da habe ich nämlich heut nachmittags ein Rendezvous mit der Parfüm-Verkäuferin", verriet er stolz, wobei sich sein Brustkorb leicht nach vorn wölbte.

"Klar, Sie brauchen nur wieder den Bus zurück zu nehmen und nach fünf Stationen auszusteigen, viel Vergnügen!"

12. Kapitel: **Der Anschlag**

Wie verabredet traf sich Jonas mit der hübschen Verkäuferin, die sich für das Treffen mit ihm auch richtig herausgeputzt hatte. Sie trug ein gelbes Flatterkleid mit den dazupassenden Sandalen, das pechschwarze Haar hochgesteckt und eine rote Handtasche, im gleichen Rot schmollten ihre Lippen. Als sie ihn erblickte, strahlte sie über das ganze ziemlich schrill geschminkte Gesicht und lief ihm aufgekratzt entgegen, wobei ihr Kleid wie ein Fähnchen um ihre schlanke Figur flatterte.

"Hallo, Mr. Jericho! Heute ist aber auch ein Schönwettertag, gerade richtig, um ihn mit einem Gentleman zu verbringen." Ohne außer Atem zu sein, blieb sie vor ihm stehen, reichte ihm trotz High Heels nur bis zur Schulter.

"Hallo, Miss Tipsitt! Sie sehen aber auch umwerfend aus, ich bin regelrecht elektrisiert von Ihnen. Aber als Shop Assistent einer Parfümerie sitzen Sie ja praktisch an der Quelle für die weibliche Schönheit."

"Hihi, naja, so leicht ist es nicht für eine Frau, immer hübsch und vor allem richtig gepflegt auszusehen. Man muss schon zu hoher Qualität bei den Pflegeprodukten greifen."

"Miss Tipsitt, Sie brauchen doch bei mir nicht Ihr übliches Geschäftsvokabular beanspruchen. Ich würde Ihnen auch ohne lange Vorrede alles abkaufen."

"Hihihiii, das geht einem nach einigen Jahren einfach in Fleisch und Blut über. Kommen Sie, lassen Sie uns gemeinsam ein Stück marschieren." Sie hakte sich in seinem angewinkelten Arm ein und ging mit ihm los. Auf ihren High Heels bewegte sie sich so grazil als wäre sie damit geboren worden.

"Mich wundert, dass Sie nicht nach London gegangen sind, wo viel mehr los ist."

"Tja, ich bin irgendwie in unsrem verschlafenen Städtchen hängengeblieben. London ist auch ein ziemlich teures Pflaster. Aber ich erwarte in nächster Zeit eine beachtliche Summe Geld!"

Oho, grübelte Jonas, meint sie damit etwa das Erbe von GPS oder spielt sie regelmäßig dieselben Zahlen im Lotto? Welchen Namen könnte er ihr in seinem schwarzen Büchlein wohl verpasst haben? Squirrel, was Eichhörnchen bedeutet? Oder Toffee - eine Süßigkeit??? Sicher nicht Badger, da sie viel jünger als 30 ist. "Wohin entführen Sie mich eigentlich, Miss Tipsitt?"

"Hihi, ich erhielt heute von einer Stammkundin einen Gutschein für zwei Cocktails in einem neuen Lokal. Es befindet sich gleich dort vorn, am Ende der Straße." Mit ihrem freien schlanken Arm deutete sie gen Horizont. "Sie laden mich zum Dinner ein und ich steuere die Getränke bei!"

"Einverstanden, meine Kehle ist schon ganz trocken!"

"Hihihiii!"

So flanierten die beiden also Seite an Seite lässig plaudernd die Straße entlang einer malerischen Häuserzeile. Die niederen Häuser - keines höher als zwei Stockwerke - hatten hier nicht die üblichen Vorgärten wie in anderen Vierteln, was wohl auch eine entsprechende Mietminderung mit sich brachte. Jonas überlegte sich, wie er das Gespräch in Richtung des Mordes an GPS lenken konnte.

"Sie leben ja schon etliche Jahre hier, Miss Tipsitt, hat es Sie nicht sehr erschreckt, als Sie von dem Mord an einem der reichen Mitbürger hier hörten?"

"Kaum, wissen Sie, ich kümmere mich nicht so um die Angelegenheiten anderer, vor allem nicht um diejenigen, welche in so eine grausige Richtung gehen." Beim Wort 'grausige' schüttelte sie leicht ihren gertenschlanken Körper, aber bedacht darauf, auch dabei vorteilhaft auszusehen.

"Sehr vernünftig, hatten Sie denn gar keine Angst, selbst Opfer des Täters zu werden?"

Abrupt blieb sie stehen und sah ihn mit ihren großen, dick mit schwarzem Eyeliner umrandeten Augen an. "Nein, wie kommen Sie denn darauf? Ich kannte GPS doch nur von gelegentlichen Besuchen in meinem Shop. Er kaufte vorwiegend hochpreisige Pflegeprodukte für

Männer, After Shave und manchmal auch ein teures Parfüm für seine zahlreichen Freundinnen."

"Trotzdem, immerhin verloren Sie Ihren besten Kunden und sicher hat er Ihnen während des Verkaufs auch Avancen gemacht, oder irre ich mich?"

"Nein-nein, Sie irren sich nicht, alle Männer versuchen bei mir zu landen, aber nur den wenigsten gelingt das auch." Dabei zog sie verächtlich ihre Mundwinkel nach unten, so als ob ihr die bei ihr abgeblitzten Exemplare der Spezies Mann deshalb leid täten.

"Und Sie haben sich nie privat mit GPS getroffen?"

"Nein, denn ich wollte nicht nur eine unbedeutende Nummer auf der langen Liste seiner Liebhaberinnen werden. Außerdem kam er so immer öfter zu mir und kaufte und kaufte, hihihiii!"

"Sie sind ein Schelm, Miss Tipsitt."

"Ach, nennen Sie mich doch Irene!" Sie sprach ihren Namen lange aus, dehnte die Vokale aus: Eiriniii!

"Irene, Sie sind auch eine verführerische Frau", schmeichelte ihr Jonas, bot ihr wieder seinen Arm an, den sie ergriff und neben ihm langsam weiterging. "Sie waren auch nie auf seinem tollen Landsitz?"

"Doch, einmal bin ich mit einer Freundin hingegangen, zu einer Cocktail-Party. Es waren ziemlich viele Leute dort, deshalb glaube ich kaum, dass die

Polizei seinen Mörder finden wird. Er kannte einfach zu viele Leute."

"Eine merkwürdige Schlussfolgerung. Die große Anzahl der Bekannten eines Opfers sollte eigentlich keine große Hürde für die Ermittlungen darstellen."

"Ist es nicht wesentlich einfacher, nur unter drei oder vier Leuten den Verdächtigen suchen zu müssen als unter drei- oder vierhundert?"

"Was? SO VIELE Leute befanden sich auf der Cocktail-Party?" Unwillkürlich weiteten sich seine Augen.

"Ja, sicher, Sie wissen wohl nicht viel über den Umgang unter reichen Leuten! Ja, was glauben Sie denn, wie der geprotzt hat? Wäre Hoffahrt eine olympische Disziplin, er hätte Gold geholt! Der wollte doch ständig allen möglichen Leuten zeigen, wie reich und hochwohlgeboren er ist, pah!" Das klang aus ihrem Mund ziemlich verächtlich. "Ich nannte ihn mal Gene Jung Un wegen seiner Egozentrik. Dieser Dandy hatte eine brutal überfallsartige Art, die konnte man mögen oder auch nicht. Ich mochte sie nicht!"

"Verstehe schon. Der hatte wohl einen Charme wie ein Bulldozer. Schade, ich hätte ihn gern perönlich kennengelernt."

"Wer weiß hätte er einen ausländischen Journalisten wie Sie überhaupt eingeladen. Auf die Gästeliste kamen nur ganz erlesene Gäste, die immer um ihn herum scharwänzelten als wäre er ein Guru, der sie alle das Geheimnis vom Stein der Weisen lehrte."

Ihre Wortkaskaden erinnerten ihn an einen Wasserfall. "Und fiel Ihnen da etwas Besonderes auf, als Sie auf dieser besagten Party unter so illustren Gästen verweilten?"

Ohne lange zu überlegen sagte sie spontan: "Ich sah da einen Typen herumlungern, der wirkte wie aus einem Horrorfilm entsprungen. Hatte große Vorderzähne, so richtige Hauer wie Nosferatu. Igitt, mich fröstelt, wenn ich nur an den Kerl denke."

"Hm, Sie sind schon die Zweite, die meine Aufmerksamkeit auf ihn lenkt."

"Und? Haben Sie schon in seine Richtung ermittelt, Mr. Sherlock Holmes?" Spöttisch sah sie ihn von der Seite her an.

"Oh ja, und ich denke, dass er ziemlich hilfsbereit war, für einen Mordverdächtigen."

"Ja, er hat Ihnen geholfen, den Verdacht von ihm abzulenken, hihihii."

"Würde ich nicht so sagen. Jedenfalls gibt es nicht den Funken eines Beweises gegen ihn und ich finde ihn eigentlich recht sympathisch."

Aus einem vorbeifahrenden Auto dröhnte die Ballade 'Lucky Man' von Emerson, Lake & Palmer: No money could save him, so he laid down and he died. Kein Geld konnte ihn retten, so legte er sich zum Sterben hin. Schon im Alter von 12 Jahren schrieb Greg Lake den Text für die Geschichte vom reichen Mann, der Pferde, Frauen und Reichtum hatte, doch vom Tod nicht verschont wurde.

Beinahe schon gruselig, dachte sich Jonas, dass ausgrechnet dieses Lied, dessen Inhalt so akkurat auf das Leben von GPS passt, in dem Augenblick gespielt wird, da die Rede von ihm ist.

"Also ich verstehe wirklich nicht, wie man so ein herunter gekommenes Subjekt sympathisch finden kann", stellte Miss Tipsitt mit einem sehr ernsten Gesicht fest. "Das ist doch der geborene Versager! Und ich verstehe auch nicht, wie so jemand wie der auf dem Grundstück von diesem Dandy herumlungern durfte wie ein Parasit. Das passte eigentlich gar nicht zu ihm."

Jonas beobachtete sie von der Seite her und wunderte sich über ihr hartes Urteil. Aufgrund ihrer Rede verflog bei ihm ad hoc der Wunsch, sie noch näher kennenlernen zu wollen. Ein Zitat Oscar Wildes kam ihm in den Sinn: Wer eine gute, verständige und schöne Frau sucht, sucht nicht eine, sondern drei!

Da, auf einmal ganz unvermittelt, baumelte von einem geöffneten Fenster im zweiten Stock des Hauses, das sie gerade passierten, eine dünne Kette herab, an welcher ein goldener Käfer hing. Langsam pendelte das goldene Tierchen mit seiner Größe von zirka zehn

Zentimetern hin und her. So, als wolle es die Herankommenden hypnotisieren.

"OH!", rief sie erstaunt aus, blieb stehen und löste sich von seinem Arm. "Da glitzert etwas."

"Sie haben recht, was mag das sein?" Die ist wie eine Elster, dachte Jonas, sieht etwas Glitzerndes und ist ganz aus dem Häuschen.

Auf ihren High Heels machte sie einige erfreute Hopser darauf zu. "Uiii! Das ist ja ein echt goldener Skarabäus!"

"Tatsächlich", gab ihr Jonas recht, der aufgrund des Ausrufes von ihr zu dem Kleinod blickte und die Augen verengte, um es besser ausnehmen zu können.

Schnell packte sie den Käfer und umschloss ihn mit ihrer rechten Hand, als wolle sie ihn von der Kette abreißen. "AUA!"

"Was haben Sie denn?", fragte er, legte besorgt seine linke Hand auf ihren Rücken.

"Mich gestochen!" Sie öffnete ihre Hand und ein kleiner Blutstropfen entsprang ihrer Handfläche. In dem Augenblick sank sie nieder und blieb mit weit geöffneten Augen auf der Straße liegen.

"IRENE!" Jonas beugte sich entsetzt zu ihr und bemerkte wie ihr Blick leer wurde. "Um Gottes Willen!"

Mit klopfendem Herzen kniete er neben ihr, holte sein Smartphone aus seiner Hosentasche und wählte den

Notruf 999: "Hallo, bitte kommen Sie schnell in die-äh", noch etwas verwirrt blickte er auf eines der Straßenschilder, ehe er weitersprach, "Jersey-Street 37, hier in Stoke-on-Stove! Jemand wurde offenbar durch einen Stich mit einem präparierten Artefakt getötet!"

Beim Blick nach oben erkannte Jonas, dass die dünne Goldkette, die vorhin noch aus dem Fenster hing, einfach mitsamt ihrem kleinen Anhänger verschwunden war. Da es für Irene Tipsitt keine Hilfe mehr gab, machte er sich daran, in das Haus einzudringen. Es handelte sich um ein leer stehendes Haus, was in dieser Gegend schon eine ausgesprochene Seltenheit darstellte, denn die sehr malerische Jersey-Street mit ihren niedlichen Häuschen war bei der Bevölkerung und den Touristen sehr beliebt. Die Tür war offen und er rannte mutig hinein in den dunklen Hausflur, eilte dann die Treppe hoch in den zweiten Stock - vom kurzen Lauf schon etwas außer Atem nahm er zwei Stufen auf einmal - und kam vor einer offenen Wohnungstür an. Ohne an seine eigene Sicherheit zu denken, lief er hinein, sah sich in der leeren Wohnung um, guckte hinter die Tür zum Badezimmer, dessen kleines Fenster ebenfalls offenstand, ging dann zum Fenster und sah die ankommenden Rettungskräfte. Eben stiegen sie aus einer Ambulanz und einer davon sah nach oben, wo er den immer noch verwirrt dreinblickenden Jonas Jericho erspähte.

"Haben Sie uns gerufen?"

"Ja, er ist leider entwischt!"

"WER?"

"Der Mörder!"

Eine Polizeistreife tauchte kurz nach der Abfahrt des Krankenwagens auf, einer der beiden Polizisten nahm den Bericht von Jonas entgegen sowie seine Personalien auf und wies ihn an, sich am nächsten Morgen gleich um acht Uhr früh bei Inspektor Tamzin zu melden.

Mit betrübter Miene wankte Jonas zu seinem Hotel, um auf dem Marsch dorthin nochmals über den absurd anmutenden Mord zu reflektieren. Der Appetit war ihm vergangen, er hatte nicht die geringste Lust, sich mit irgendjemand darüber auszutauschen, doch Mrs. Christie nahm darauf keine Rücksicht. Kurz bevor er einschlafen wollte, tauchte sie aus der Dunkelheit seines Zimmers auf und ihr Körper leuchtete in schwachem Licht.

Wie eine private Krankenschwester saß sie auf seiner Bettkante und besah ihn sich mit sorgsamem Blick, worauf er ihr die ganze schräge Story noch einmal erzählte.

"Ich habe schon den Polizisten alles genau berichtet, die mich wie einen Irren perlustriert haben. Ich verstehe das nicht... Wer tötet eine Verkäuferin?"

"Nun, da gibt es unzufriedene Kunden, eifersüchtige Ehefrauen, neidische Kolleginnen", zählte sie munter auf, "und unseren Messerstecher, der nebenbei noch ein Giftmischer ist."

"Sie denken, er habe sie mit dem Käfer vergiftet, weil sie ihn beim Mord beobachtet und erpresst hat?" Jonas setzte sich in seinem Bett auf. "Ja, sie erzählte mir noch, dass sie bald eine beachtliche Summe erwartet... Ich dachte zuerst an das Erbe von GPS, aber das gäbe Sinn, außer...."

"SIE waren das ursprüngliche Ziel!", setzte sie fort. "Ich tippe auf Curare, ein Gift, das in den Blutkreislauf gelangen muss und sofort tötet."

"Ich weiß nicht, warum mich jemand töten will, bisher habe ich doch nicht den geringsten Beweis gefunden."

"Aber mit Ihrer unprofessionellen Schnüffelei den Mörder aufgeschreckt. Damit haben Sie sich einen mächtigen Feind geschaffen. Außer, Miss Tipsitt war sein Ziel. Selbst wenn, dann könnten Sie immer noch der Nächste auf der Liste sein."

"Mrs. Christie, Sie haben wirklich eine beunruhigende Art, jemanden in den Schlaf zu wiegen!"

13. Kapitel: **Das Verhör**

Jonas erwachte schon um halb sechs Uhr morgens und versuchte sich an seinen Traum der kurzen Nacht zu erinnern. Was genau darin vorkam, wusste er nicht mehr, aber nach einer kalten Dusche fielen ihm doch noch einige Gesprächsfetzen ein. Irgend etwas mit Curare, ja, das Gift am Stachel des Käfers kann nur exotisches

Pfeilgift gewesen sein. Wer hatte ihm das zugeflüstert? Natürlich, seine neue Freundin, Mrs. Christie!

Punkt acht Uhr saß Jonas dem Inspektor gegenüber, der ihn kritisch in Augenschein nahm und sich seine Erzählung über die gestrige Ermordung von Miss Tipsitt nolens volens anhörte.

"Es ist sicher Curare gewesen."

"Woher wollen Sie denn den Namen des Giftes wissen?"

"Ich sprach mit äh-", stoppte Jonas verlegen an dieser Stelle, da er seine Quelle verständlicherweise nicht preisgeben wollte um nicht für irre gehalten zu werden.

"Mit wem?", forschte Inspektor Tamzin ungeduldig.

"Mit meiner Oma sprach ich darüber. Wir stehen telepathisch äh- ich meine telefonisch in Verbindung. Manchmal aber auch telepathisch."

"So wie in Stephen Kings Shining?"

"So ähnlich..."

"Das ist die abstruseste Story, die ich jemals gehört habe."

"Das glaube ich Ihnen aufs Wort, Inspektor Tamzin!" Jonas atmete tief durch. "Um welches Gift handelte es sich denn nun?"

"Selbst, wenn ich es schon wüsste, würde ich es IHNEN schon aus ermittlungstechnischen Gründen nicht auf die Nase binden!" Der Blick, der diesem Satz folgte, war nicht minder giftig als das Thema des Dialoges.

"Es tut mir unendlich leid um die reizende Miss Tipsitt. Sie packte so schnell nach diesem Goldkäfer, den sie sogar als Skarabäus erkannte, dass ich sie gar nicht warnen konnte. Wenn man das Unglück schon kommen sieht, ist es fast so wie ein Autounfall in Zeitlupe."

"Wovor wollten Sie sie denn warnen?" Unverständnis stand ins Gesicht des Inspektors geschrieben.

"Naja, vor dessen Giftstachel. Es ist doch ganz klar, dass sie durch einen Stich mit dem Stachel des goldenen Käfers vergiftet wurde."

"Sie lesen wohl zu viele Schundromane!", kritisierte ihn der Kriminalbeamte hart. "Ich bin schon jahrelang Inspektor, aber noch niemals ist jemand während meiner Laufbahn auf so absurd abartige Weise zu Tode befördert worden."

"Natürlich nicht, das geschieht normalerweise nur in Romanen, die Agatha Christie so brillant verfasst hatte!"

"Und Sie sind ein eifriger Leser? Da kommt mir doch gleich der Verdacht, SIE könnten die arme Kleine zu Tode befördert haben."

"MOMENT!" Ein schrecklicher Gedanke durchzuckte nun Jonas' graue Zellen, schwammige

Erinnerungen an seinen Traum tauchten auf. "Was, wenn ICH eigentlich das Ziel des feigen Giftanschlages war?"

"SIE???" Dem Inspektor schien diese Vorstellung Vergnügen zu bereiten, denn er begann zu grinsen. "Das können Sie doch nicht glauben!"

"Miss Tipsitt war doch nur eine einfache Verkäuferin, warum sollte sie irgendjemand töten wollen? Das ergibt doch keinen Sinn!" Während er mit dem Inspektor sprach, kamen ihm auf einmal wieder die Worte seiner Geisterfreundin in den Sinn: Erpressung!

"Sie müssen sich von der Vorstellung befreien, dass Morde immer einen Sinn ergeben. Ich kannte einen traurigen Fall, in welchem der Mörder eine junge Frau nur tötete, weil er mit seinen Freunden um ein Frühstück gewettet hatte, die Tat auszuführen."

"Ja stimmt, es gibt die absonderlichsten Fälle."

"Na eben!"

"Trotzdem könnte ich gemeint gewesen sein."

Der Inspektor atmete sichtlich entnervt aus. "Und was genau bringt Sie zu dieser Annahme? Erhielten Sie eine Drohung?"

"Ich wurde zwar nicht direkt bedroht, doch am Weg zu meinem Rendezvous mit Miss Tipsitt traf ich Fairbanks, den ich sogar noch nach der Jersey-Street fragte, ja dummerweise sogar noch verriet, ich hätte dort ein Rendezvous!" Zornesröte über seine eigene

Geschwätzigkeit stieg Jonas ins Gesicht. Hätte ich doch mein Maul gehalten, schalt er sich, dann wäre sie noch am Leben. Aber woher soll Fairbanks Curare nehmen???

"Und sagten Sie ihm, mit wem Sie sich dort zu treffen gedachten?"

"Nein, äh- nicht genau, das heißt ich erwähnte, dass sie Parfüm-Verkäuferin ist ... Trotzdem. ER könnte doch auch hinter dem Mord an GPS stecken."

"Kann er nicht", winkte Inspektor Tamzin mit einer abwehrenden Geste ab. "Ich prüfte persönlich sein Alibi: bombenfest. Er saß wegen eines Raufhandels betrunken in Untersuchungshaft!"

"Hm, aber wenn er nun einen Berufskiller auf GPS angesetzt hat und den Raufhandel eigens zum Zwecke eines Alibis in Szene gesetzt hatte? Das wäre doch genial!" In einem Heureka-Moment tippte sich Jonas gegen die Schläfe.

"Und von welchem Geld sollte er den Profi bezahlt haben?" Das Gesicht Tamzins verformte sich zu einer spöttischen Fratze, richtig unsympathisch sah der Kriminalbeamte nun aus. So, als hätte er spontan die Seiten gewechselt und sich den Bösen angeschlossen, die diese pittoreske Kleinstadt im Geheimen so bevölkerten wie die spießigen Bürger in ihren entzückenden Häusern.

"Stimmt, er ist ja angeblich bettelarm, aber wenn er nun doch im Testament von GPS steht - warum auch immer - dann hätte er doch danach genügend Geld!"

"Mr. Jericho...", begann der Inspektor wieder mit normaler Mimik ausatmend eine längere Standpauke. "Sie halten sich wohl für sehr schlau, was? Dabei sind Sie doch nur ein ganz gewöhnlicher Journalist einer kleinen Zeitung in Österreich, nicht etwa ein Sensationsreporter der New York Times, dieser Grey Lady, deren Abo mehr als 1.000 Dollar pro Jahr beträgt. Und Sie leben nur in Wien, nicht etwa in einer echten Großstadt wie Berlin, Rom, Paris oder unser London. Zudem haben Sie doch keinerlei Insiderwissen in die Kriminellenszene, sonst wüssten Sie doch ganz genau, dass ein Profi zumindest eine horrende Summe als Anzahlung für seine Tat verlangt. Oder hat sich das bis ins verschlafene, dem Zeitgeist hinterherhinkende Wien noch nicht herumgesprochen? Dann müssten Sie es doch in anderen Kriminalromanen gelesen haben."

Nun erhob sich Jonas mit übertriebener Empörung. "Also wirklich, Inspektor, mir ist bewusst, dass Zusammenkünfte mit Exekutivorganen eher selten von gegenseitigem Verständnis geprägt sind, aber Sie brauchen Wien nicht für eine Provinzstadt zu halten und mich nicht für einen Vollidioten. Es gibt wohl überall solche Profis und solche. Viele Profikiller fragen nach dem Job, dem Risiko und der Vorauszahlung. Dieser Fairbanks ist aber ein ausgesprochen gewitzter Kerl, dem traue ich durchaus zu, dass er einen Killer gefunden hat - ob Profi oder nicht -, der sich mit der Bezahlung geduldet bis die Erbschaft ausgezahlt wird."

"Reden wir einmal über die Angst!", schlug der Inspektor vor und drückte Jonas unsanft wieder auf den Stuhl zurück.

"Ich würde jetzt liebend gern Fallschirm springen gehen!"

"Ach, SIE treiben Fallschirm-Springen als Hobby?", wunderte sich Tamzin.

"Nein, aber ich würde lieber Fallschirm springen als mich dieser hochnotpeinlichen Befragung zu unterziehen!"

"Reden wir über ANGST!", wiederholte Tamzin verbissen. "Sie und ich. Vorhin hatten Sie doch Angst um Ihr Leben, als Sie vermuteten, der Anschlag, dem Miss Tipsitt zum Opfer gefallen ist, hätte IHNEN gegolten. Und nun fürchten Sie doch, dass der Täter oder sein willfähriger Erfüllungsgehilfe ein zweites Mal danach trachten werden Ihr Leben einfach auszuknipsen."

Erneut erhob sich Jonas und protestierte: "Ich habe keine Angst, Inspektor. Der Täter oder sein Helfershelfer werden zumindest sicherheitshalber einige Zeit verstreichen lassen, ehe sie ein weiteres Mal zuschlagen. Wie wäre es, wenn Sie mir einfach verraten, WER nun die Erben von GPS sind? Wenn Fairbanks im Testament steht, was er bestreitet, dann haben wir doch zumindest ein Indiz für sein Motiv, oder etwa nicht?"

Der Inspektor schien sich den Vorschlag zu überlegen, denn er blätterte seine Akten auf dem Schreibtisch durch und sagte dann: "Die Testamentseröffnung steht erst nächste Woche an. Ich darf doch wohl annehmen, dass Sie bis dahin in unserer schönen Stadt bleiben werden?"

"Darauf können Sie Gift nehmen", entkam Jonas und er verließ grußlos und noch immer ein wenig empört das Büro.

14. Kapitel: **Ein neuer Verdacht**

Im Bus auf der Fahrt zu seinem Hotel fiel Jonas ein, dass er Holly faktisch versprochen hatten, ihr die Fotos ihres - bis auf den Bienenangriff - lustigen gemeinsamen Picknicks abzukaufen. Daher stieg er eine Station früher aus und machte sich in ihr Atelier auf, um sein Versprechen einzulösen. Sie putzte gerade das Schaufenster, erkannte seine Silhouette darin, fuhr herum und lächelte ihn umwerfend an.

"Hallo, Jonas, ich dachte schon, Sie hätten auf mich vergessen!"

"Niemals, Holly. Ich dachte nur, Sie haben sicher mehr zu tun, als sofort die Fotos von unserem Picknick zu entwickeln."

"Och, das war ganz schnell geschehen. Kommen Sie mit!"

Erfreut folgte er ihr ins Geschäft und staunte nicht schlecht, als sie ihm ein ganzes Album mit den Fotos darin vorlegte.

"Ich habe mir erlaubt, gleich eine ganze Foto-Roman-Story aus unserem Rendezvous zu machen."

"Eine ausgezeichnete Idee", lobte er pflichtbewusst, blätterte das Album auf der Ladentheke interessiert durch. "Wow! Das Bild finde ich ja grandios!" Dabei zeigte er auf das letzte Bild in dem Album. Eine Landschaftsaufnahme mit einer originellen dunklen Wolke.

"Haha", lachte sie. "Ja, das Foto gelang mir, nachdem Sie mich abgesetzt haben. Es zogen aus heiterem Himmel dunkelblaue Wolken auf und diese große hier, die sieht doch wie ein Mensch aus, der eine Pistole in der ausgestreckten Hand hält."

"Genau!", stimmte er zu. "Frappante Ähnlichkeit mit einem sich anschleichenden Attentäter. Und wir redeten noch von GPS, welcher allerdings nicht erschossen worden ist."

"Nein, ist er sicher nicht. Nur tot ist er mit Sicherheit."

"Zufälle gibt es..." Ungläubig schüttelte er den Kopf.

"Es gibt nichts, was es nicht gibt, haha!"

"Sie haben exakt zum richtigen Zeitpunkt den Auslöser betätigt!", lobte er sie.

"Da muss man schnell sein, denn der Wind zerstreut die Wolken oft, ehe man die richtige Blende findet."

"Und die Qualität der Bilder ist eins A!"

"Qualität hat auch ihren Preis", bemerkte sie und schob ihm die Rechnung in Höhe von 85 Pfund über die Theke.

Unmerklich schluckte er, sagte jedoch: "Ein durchaus angemessener Preis, den ich gern bezahle." Mit einer spontanen Handbewegung schlug er das Album zu.

Nach dem Erhalt des Geldes, das sie schnell in ihre Kasse verschwinden ließ, forschte sie mit einem Grinsen: "Und hatten Sie außer mit mir noch mit einer andern Dame ein Picknick?"

"Oh, es war entsetzlich", berichtete er ihr und wischte sich demonstrativ mit dem Handrücken einige Schweißperlen von der Stirne. "Stellen Sie sich vor, ich traf mich mit Miss Tipsitt zu einem Spaziergang, bei dem sie den Tod fand."

"WAS?" Bei dem Fragewort schien sie echt betroffen zu sein. "Wie ist denn das passiert?"

Schnell gab er ihr eine kurze Abhandlung der Tat, von der er annahm, dass sie diese eigentlich aus der Zeitung erfahren haben musste.

"Unglaublich, was so alles in unsrem kleinen Städtchen vorfällt..." Ihre Augen verdrehend schob sie die Unterlippe leicht vor, die noch immer vom

Bienenstich leicht geschwollen schien. Oder sie hatte sie ein wenig aufspritzen lassen... Jedenfalls schmückte der Mund ihr apartes Gesicht.

"Der Hauptgrund, warum ich Miss Tipsitt treffen wollte, war, zu erfahren, wie sie zu dem ermordeten Gene Patrick Simmons stand."

"Und, was hat sie Ihnen darüber erzählt?"

"Dass sie ihn nicht sonderlich mochte."

"Haha, entschuldigen Sie, dass ich trotz der Tragik ihres Todes lachen muss. Diese raffinierte Person wickelte ihn um den Finger, indem sie ihm weismachte, sie wäre noch Jungfrau - nicht vom Sternzeichen. Er fragte mich, ob er das denn glauben sollte. Bestimmt, witzelte ich, unter den Achseln ist sie noch Jungfrau."

"Oh, äh- das war aber ziemlich frech, Holly. Was wollten Sie denn mit dieser Aussage erreichen?"

"Ich? Ich wollte doch nichts damit erreichen." Nun zog sie einen Schmollmund, aufgrund seiner Verdächtigung. "Halten Sie mich für eine Intrigantin?"

"Nein, das nicht gerade, doch wenn eine Frau eine andere Frau lächerlich macht, dann frage ich mich, warum sie das wohl tut."

"Sie versuchen eine Normalität in der Promiszene infrage zustellen?"

"Ist es normal, dass man so flapsig über andere spricht, wenn man mit einem Prominenten zusammen ist?"

"Sie haben keine Ahnung, wie diese reichen und berühmten Leute über andere herziehen. Die sind ziemlich unbarmherzig und erwarten, dass man in ihren Kanon miteinstimmt." Zu ihrem Schmollmund verschränkte sie zusätzlich abwehrend ihre Arme.

"Das klingt ein wenig negativ", erkannte er.

"Jaja, man müsste sich von negativer Energie ernähren können", stellte sie heiter fest. "Davon gibt es hier genug und es ersparte einem jede Menge Geld für Lebensmittel."

"Vom Geld hatte Mr. Simmons wohl mehr als genug."

"Und dennoch war er ausgesprochen gierig."

"Apropos Gier... Da fällt mir ein Ausspruch von Schopenhauer ein, der Reichtum mit Meerwassertrinken verglich: je mehr man davon trinkt, umso durstiger wird man."

"Ich meinte mehr, dass er über eine Lebensgier verfügte, die ihn dazu trieb, diese immer auch mit diversen willigen Frauen auszuleben", klärte sie ihn auf. "Auch, wenn ihn das eine Menge kostete. Gene konnte nämlich auch sehr freigiebig sein. Miss Tipsitt, die ihm nachgelaufen ist wie ein kleines Schoßhündchen, erhielt zum Beispiel als Liebeslohn ein goldenes Armband."

"Mit blauen Saphiren", vervollständigte Jonas, in Erinnerung an das schöne Stück um ihr linkes Handgelenk.

"Exakt."

"Darf ich Sie fragen, Holly, ob er Ihnen auch so ein wertvolles Geschenk gemacht hat?"

"Wir zelebrierten unser Zusammensein immer wie eine Party, zu der jeder eingeladen ist."

Diese Antwort klang diplomatisch und Jonas verstand, dass sie wohl keine teuren Juwelen von ihm erhalten hatte.

"Hat er sich nach seiner Affäre mit Miss Tipsitt über sie geäußert?"

"Sie meinen, ob er über ihre Bettqualitäten geschwärmt hat? Nein, hat er nicht. Er bemerkte nur, dass sie nicht hochintelligent sei, sondern nur über genügend geistige Fähigkeiten verfügte, um den Alltag zu bewältigen."

"Auch nicht gerade nett von ihm..." Jonas überlegte, denn für dumm hielt er Miss Tipsitt nicht, eher für einen Snob.

"GPS hat die Menschen schon richtig eingeschätzt, allerdings auch mit ihnen gespielt. Ich vermute, sein Mörder ist seines Spiels überdrüssig geworden. Mit irgendjemand hat er sein Spiel wohl viel zu weit getrieben." Prüfend sah sie Jonas an, den Kopf leicht nach links geneigt, so als überlegte sie, ob er ihr glaubt oder eine andere Vermutung hat. "Was denken Sie, Jonas?"

"Leider kenne ich nicht alle Einzelheiten des Falles und schon gar nicht alle infrage kommenden Täter ... Ich kann aufgrund meiner bisherigen Erkundigungen über GPS nur feststellen, dass er viel zu reich gestorben ist."

"Hahaha! Sie sind schon eine Nummer!"

15. Kapitel: **Der Auftritt**

"ENDLICH!", rief Jonas erleichtert aus, als ihm die großartige Autorin wieder erschien. "Wo waren Sie denn, als ich Sie gerade brauchte? Man hätte mich fast verhaftet!"

"Das wundert mich nicht, denn Sie machen wirklich einen sehr verdächtigen Eindruck!"

"Soll das ein Scherz sein?"

"Ich weiß natürlich, dass SIE nicht der Mörder sind, aber die Polizei kann das beim besten Willen nicht wissen."

"Bitte sagen Sie mir doch, wer Miss Tipsitt auf dem Gewissen hat!", bettelte Jonas, wobei er eine sehr hilfsbedürftige Miene aufsetzte.

"Mein lieber Freund, ein Geist ist nicht allwissend, wie ich Ihnen bereits einmal erklärt habe, und auch nicht immer anwesend, wenn gerade irgendwo auf dieser Welt ein Mord geschieht. Ich befand mich in Ägypten, wo ich mit meinem Gemahl zu unsren Lebzeiten sehr glücklich war."

"Verdammt, wie kann ich nun den gemeinen Attentäter finden? Möglichst, bevor er noch einmal zuschlägt!"

"Sie müssen Ihre Gehirnzellen anstrengen! Oder befindet sich bei Ihnen dort, wo eigentlich Ihr Gehirn sein sollte, nur ein Hohlraum?" Ihr verschmitztes Antlitz begann regelrecht vor Vergnügen zu leuchten.

"Wirklich, Mrs. Christie, Sie sollten sich nicht auch noch über mich lustig machen! Ich frage Sie ja auch nicht, wie es in der Hölle aussieht!"

"Wenn erst ein Schwall Lava in Ihren After eindringt, sobald SIE in der Hölle schmoren, dann werden Sie merken, wie warm dieser Ort ist, mein Freund!"

Bei ihrem witzigen Satz merkte er sofort, dass es völlig sinnlos war, sich mit einer Schriftstellerin verbal duellieren zu wollen. Da pochte es auf einmal an der Tür, worauf er unwillkürlich erschrak.

"Lassen Sie den Besuch ruhig herein, wer es auch ist, er kann mich weder sehen noch hören", ermunterte sie ihn.

"Herein!", rief Jonas.

Von draußen kam der rot uniformierte Page mit einem breiten Lächeln und einem schmalen Kuvert ins

Zimmer. Wenig erstaunlich würdigte er die Geisterlady keines Blickes. Der sommersprossige Bursche sah keinen Tag älter als siebzehn aus.

"Entschuldigen Sie die Störung, Sir, aber Mr. Groves hat mir den Brief für Sie übergeben. Trinkgeld hab ich auch schon dafür gekriegt."

"Danke!"

Der Page sprintete mit seinem jugendlichen Elan zu seinem nächsten Auftrag.

Neugierig öffnete Jonas das Kuvert und entnahm ihm ein Ticket, mit dem er sich Luft zufächelte. "Ah, das ist für den Auftritt heute um 20 Uhr von Arthur Groves, übrigens wie Ihr verstorbener Mann Archäologe im Brotberuf."

"Jaja, ich weiß. Sie sollten sich rasch umziehen, denn es ist bald soweit!" Diese Worte hatte sie kaum ausgesprochen, als sie auch schon wieder unsichtbar wurde.

Diese Verpuffung einer Lady überraschte ihn und er nahm sich zur Stärkung eine Flasche Bier aus der Minibar, die er durstig in einem Zug leerte. "Aaaah, so, jetzt kann es losgehen mit dem faulen Zauber des Mr. Groves! Das Umziehen spar ich mir, ich bin fein genug für den Hobby-Zauberer!"

Punkt 20 Uhr ging die Show los. Im größten Saal des Gemeindehauses, wo über 500 Leute Platz fanden, stand ganz vorne auf der Bühne ein zwei Meter langes Podest, das mit einer scharlachroten Decke verhüllt und mit einigen Utensilien bestückt war. Vor diesem stolzierte der in einen silbernen Glitzeranzug gekleidete Arthur Groves während seiner Begrüßung großspurig hin und her. Jonas saß mit seinem Freiticket in seinem schwarzen Sommeranzug in der zweiten Reihe und verfolgte eher wenig interessiert die Vorstellung, denn er hatte schon x-mal Zauberer im Fernsehen gesehen.

"Ladies und Gentlemen, schon in meinen Kindertagen beschäftigte ich mich mit Magie und ließ immer Geld aus den Börsen meiner Eltern verschwinden!"

Lautes Gelächter, die Leute schienen hier sehr leicht zu unterhalten zu sein.

"Des weiteren gelang es mir auch, mich bei diversen Gelegenheiten unsichtbar zu machen, zum Beispiel, wenn ein Freiwilliger für schwere Arbeiten gesucht wurde."

Groves faltete bei seiner Rede Zeitungen zusammen, steckte sie ineinander, riss dann hin und wieder einige davon ein und zog sie schließlich ganz langsam so auseinander, dass sie eine zwei Meter hohe Papierpalme bildeten.

"Wenn ich das als Kind gemacht habe, dann haben meine Verwandten geklatscht wie blöd!"

Applaus, Gelächter, Jonas wunderte sich, dass dieser uralte Trick, den er selber einmal während einer

Schulaufführung vorgeführt hatte, noch immer funktionierte. Funktionierte im Sinn, dass die Leute begeistert klatschten. Es lag wohl auch ein wenig daran, wie Groves seine Bühnenpräsenz gestaltete. Seine Worte erklangen teils salbungsvoll, dann gleich wieder normal - er switchte gekonnt vom Künstler zum Normalo und wieder retour.

"Dann, als ich älter wurde, musste ich mir schon etwas Raffinierteres ausdenken", erzählte er, während er aus einer Zeitung ein Stanitzel formte, das er dann dem Publikum stolz präsentierte. Mit einer gekünstelten Handbewegung nahm er vom Podest einen Krug mit Wasser, das er in das Zeitungsstanitzel einfüllte. "Hat jemand Durst?"

Keiner meldete sich. Und Jonas hatte ja kurz zuvor noch eine ganze Flasche Bier konsumiert.

"Na, ich sehe, Sie sind alle etwas Härteres als Wasser gewohnt." Dabei stellte er den Krug hinter das Podest und entfaltete das Zeitungsstanitzel, worauf - wenig erstaunlich - das vorher eingefüllte Wasser verschwunden war. "Schwupp, ich hab das köstliche Nass zurück in den See gezaubert!

Applaus begleitete ungläubiges Kopfschütteln einiger Zuseher.

"Mein größter Kummer ist, dass ich mir meinen Auftritt nicht live ansehen kann!"

Gelächter, neuerlicher Applaus, so ging das noch einige Nummern weiter, die allesamt nicht neuartig, doch immer wieder so superb von Groves präsentiert wurden, dass sie dem Publikum großen Respekt wie auch Vergnügen abnötigten. Dann kam er schließlich zur Hauptattraktion der Show.

"Und nun benötige ich einen FREIWILLIGEN!", ließ Groves in den Saal hallen.

Einige der Anwesenden - darunter auch Frauen und sogar Kinder - hoben ihre Arme. Jonas guckte herum und hatte ganz darauf vergessen, dass ER sich ja eigentlich als Freiwilliger verpflichtet hatte, ließ daher seine Arme unten.

Doch der clevere Mr. Groves wusste sich zu helfen: "Regel Nummer Eins: niemals einen Freiwilligen, der sich von selber meldet, denn das könnte ja mein Komplize sein!"

Gelächter.

Zielsicher zeigte Groves auf Jonas und sprach wieder einmal salbungsvoll: "Wie wäre es mit IHNEN, Sir?"

Erschrocken fiel Jonas sein Versprechen ein und er erhob sich rasant, stammelte dabei: "Äh-ja, warum nicht, sehr gern."

"Darf ich um Ihren werten Namen bitten?"

"Jonas Jericho!"

"Applaus für Mr. Jericho, Ladies und Gentlemen!"

Das Publikum spendete dem scheinbar Freiwilligen, der nun etwas widerwillig die Bühne betrat, willig Applaus und wartete gespannt, was nun mit ihm geschehen würde.

"Kennen wir uns?", fragte ihn Groves.

Jonas guckte etwas verwirrt herum. "Äh- nein?"

"Na, das klang aber wenig überzeugend, sagen Sie doch ruhig die Wahrheit."

"Äh-", Jonas spürte deutlich aufsteigendes Lampenfieber, da er vor so vielen Leuten stand. "Also gut, wir kennen uns und wohnen im selben Hotel!"

Gelächter.

"Hahahaa", lachte auch Groves herzlich. "Jetzt behauptet dieser Spaßvogel tatsächlich im selben Hotel wie ich zu wohnen. Der ist guuut!"

Erneut Gelächter, Groves hatte das Publikum völlig in der Hand. er gehörte zu jener Sorte von Künstlern, die sich nicht einmal besonders anstrengen müssen, um die Gunst seiner Zuseher gewinnen zu können.

Oh, mein Gott, dachte Jonas, was, wenn ER der gesuchte Mörder ist - ein eiskalter Profikiller - und mich vor versammelter Menge mit einem Show-Schwert ersticht und nachher einfach behauptet, jemand hätte es gegen ein echtes scharfes Schwert ausgetauscht...

Neben Lampenfieber wuchs nun in Jonas zudem die Verzweiflung, er verfluchte sich selbst dafür, in diesen dubiosen Kuhhandel eingeschlagen zu haben. Doch Arthur Groves dachte nicht im Traum daran, ein Schwert zur Hand zu nehmen. Stattdessen führte er seinen Freiwilligen langsam hinter das Podest.

"Bitte, Mr. Jericho, legen Sie sich nun ganz entspannt auf mein Podest hier", befahl er ihm mit einer Mischung aus Charme und Entschlossenheit und nahm von dem Podest zuvor die rote Decke ab wie ein Stierkämpfer, der die Capa schwingt.

Mit Schweißperlen auf seiner Stirne tat Jonas wie ihm geheißen und legte sich auf das Podest. Verhalten schielte er von Groves ins Publikum. Die Leute saßen alle mit angespannten Gesichtern da und grinsten schadenfroh, da sie natürlich die Anspannung bei Jonas wahrnahmen.

"Sie zittern ja wie Espenlaub, mein Lieber", bemerkte Groves mit sichtlichem Vergnügen. "Fürchten Sie etwa, ich würde Sie nun einfach in der Mitte auseinandersägen? NEIN! Erstens sind Sie keine Jungfrau, und zweitens würde das zu viele Blutspuren im Saal hinterlassen!"

Gelächter. Einige Leute klatschten sogar. Ja, Schadenfreude stellte sich immer wieder als die reinste Freude heraus.

"Da müsste ich von meiner Gage zu viel für die Reinigung ausgeben!"

Erneutes Gelächter. Das Publikum amüsierte sich köstlich.

Oh, mein Gott, fürchtete Jonas, wenn der mich hier vor allen Leuten tötet, dann applaudieren die noch wie blöd. Aber das wird er doch nicht wagen, er hätte nichtsdestotrotz seiner Eloquenz viele Schwierigkeiten, wenn ich einfach während seines Auftrittes sterbe...

"Nur keine Aufregung, mein Lieber, ich werde Sie also nicht zersägen, sondern einfach sang-und-klanglos verschwinden lassen. Wer würde hier nicht einen Deutschen - denn Sie haben einen deutschen Akzent in Ihrer Stimme - einfach verschwinden lassen wollen?"

Lautes Gelächter und Applaus. Die Deutschen schienen in England nicht sehr beliebt zu sein.

Jonas überlegte noch, ob er ihn nicht korrigieren solle, darauf hinweisen solle, dass er doch Österreicher sei, doch das ließ er lieber bleiben, denn er fürchtete ihn so zu verärgern, dass er noch zusätzlich qualvoll durch ihn sterben würde.

Mit einem gewissen Flackern in den Augen fügte Groves noch hinzu: "Sie, ich und der Papst - wir kriegen das schon hin!"

Das Publikum bog sich förmlich vor Lachen. Groves hatte eine starke Bühnenpräsenz, die Gabe, dass sich jeder Zuseher von ihm persönlich angesprochen fühlte und nicht mehr entfliehen konnte. Weder geistig, noch körperlich. Alle hingen an seinen Lippen und lauschten und lachten und bewunderten sein Können. Nur Jonas schwante Übles. Es widerstrebte seiner Persönlichkeit, sich einem andern Menschen, den er noch dazu nicht lange kannte, so einfach auszuliefern. Doch, um sich jetzt noch zurückzuziehen, dazu war es leider zu spät.

Arthur Groves breitete die scharlachrote Decke gekünstelt mit gestreckten Armen vor dem vor ihm auf dem Podest liegenden Jonas Jericho aus, wedelte dann damit herum wie ein Torero, der gleich den Angriff des Stieres El Toro erwartete. Jonas begann wieder zu zittern, denn er dachte daran, was mit dem Stier nach dem Kampf passieren würde...

"Nun entspannen Sie sich doch, Mr. Jericho!"

Dieser tröstete sich mit dem Gedanken, dass ja auch Kinder anwesend seien und Groves deshalb sicher nicht zum Äußersten greifen würde, außerdem hatte Jonas ja gar keine Beweise dafür, dass es sich bei dem Hobby-Magier und Archäologen auch um einen Berufskiller handeln könnte. Mit gemischten Gefühlen guckte er betreten ins Publikum.

"So, nun decken wir sie mit der schönen warmen Decke einfach zu, denn ich denke, Sie zittern, weil Ihnen kalt ist!"

Das Publikum brüllte vor Lachen, denn es bekam natürlich die ängstliche Performance von dem Freiwilligen mit, den es für einen Unfreiwilligen hielt.

Sorgsam breitete der im Glitzeranzug steckende Magier die schwere rote Decke über Jonas aus, umhüllte ihn vollständig. Darunter war es stickig und es roch nach Naphtalin. Hatte er ihn deshalb gefragt, ob er unter Klaustrophobie leide? Er hätte sich eher nach einer Allergie gegen Mottenpulver erkundigen sollen.

"Nun sollte eigentlich ein Trommelwirbel starten, doch ich wollte meine Gage nicht auch noch mit einem Musiker teilen!"

Das Publikum lachte Tränen, obwohl der Witz Jonas gar nicht einmal so lustig schien. Doch die Stimmung an dem Abend hier im Gemeindesaal war ausgesprochen gut, kein Wunder, wenn eine derartige Stimmungskanone wie Mr. Groves seine Reden schwang.

"Auch das Licht sollte nun gedämpft werden, aber dann würden Sie ja ganz hinten nicht sehen, wie unser lieber Deutscher hier den schnellen Abgang macht!", kündigte Groves belustigt an. "Abrakadabra, dreimal schwarzer Kater!"

Bei den letzten drei Worten zog er die Decke ruckartig weg und - tatsächlich - Jonas war verschwunden. Nur noch das leere Podest stand auf der Bühne. Alle klatschten begeistert in die Hände und einige johlten sogar laut.

Den Naturgesetzen entsprechend hatte er Jonas nicht einfach wegzaubern können. Durch einen unauffälligen Tritt gegen das Podest hatte Groves einfach einen

Mechanismus betätigt, der den zitternden, um sein Leben fürchtenden Jonas durch einen Klappdeckel einfach in das Podest hatte fallen lassen, und nach der Erleicherung von seiner menschlichen Last hatte sich der Deckel einfach wieder durch ein Druckfeder-Scharnier geschlossen.

Nun lag Jonas also in dem sargähnlichen Podest und kam zur Erkenntnis, dass er hier drinnen ganz leicht ersticken könnte.

Um Gottes Willen, betete Jonas zu seinem Schöpfer, bitte lass mich das überleben! So viele Sünden habe ich doch gar nicht begangen, ja, ich habe meine Ex-Freundin betrogen, aber das bereute ich ja bitterlich und beim Abschied tat es mir sogar doppelt leid!

"So einfach können Sie sich einiger unerwünschter Leute entledigen, wenn Sie das Handwerk eines Zauberers gründlich beherrschen! Ladies und Gentlemen, ich danke Ihnen herzlich für Ihre Geduld, sich das ganze Programm anzusehen, denn manchmal kam es schon vor, dass einige Leute daraus einfach ohne mein Zutun verschwanden!", sprach Arthur Groves und verbeugte sich.

Der Applaus war nicht enden wollend und Jonas wollte in seinem Sarg schon verzweifelt zu klopfen beginnen, doch immerhin verfügte er ja noch über genügend Sauerstoff um japsend zu atmen. Als er in die Richtung sah, in welcher das Publikum saß, erspähte er sogar ein kleines Luftloch, durch das er die sich aus dem Saal wälzende Menge der Zuschauer erkennen konnte.

Schließlich erkannte er, dass der Saal völlig leer stand, er jedoch immer noch in dem Sarg ausharren musste. Nun wuchs wieder seine Todesangst und die negativen Gedanken tanzten Tango in seinen Gehirnwindungen: was, wenn dieser Groves nun doch ein gedungener Berufskiller war, der nun wirklich den Auftrag hatte, den unliebsamen Schnüffler von der Bildfläche verschwinden zu lassen. Der bloße Verdacht manifestierte sich zur fixen Idee: Nach Abgang des Publikums wäre es zu einem bedauerlichen Unfall gekommen, wobei der Freiwillige in dem Sarg auf der Bühne erstickt ist. Und keiner - schon gar nicht dieser Inspektor Tamzin - würde Böses vermuten, denn solche Unfälle passierten nun mal. Das verursachte Jonas ein unermessliches Unbehagen, außerdem machte sich das genossene Bier langsam bemerkbar - sprich: seine Blase meldete ihm die baldige Entleerung. Daher begann er laut zu klopfen und zu rufen.

"HALLOOO! HILFEE!" Dabei dachte er panisch: muss ich hier sterben in einem Horrorfilm-Klischee???

Da hörte er leise Schritte, was seine Hoffnung nährte. Und schon wurde der Sarg auf einmal geöffnet, das sommersprossige Gesicht des Pagen tauchte auf und dieser musterte ihn mitleidig.

"Pardon, Sir, ich musste abwarten, bis alle gegangen sind, erst dann erlaubte mir Mr. Groves Sie zu befreien."

Etwas betreten rappelte sich Jonas auf und stieg aus seinem Gefängnis. "Und? Waren Sie auch bei der Vorstellung?"

"Ja, ich kam zwar spät, sah nur wenig, aber das reichte mir schon!"

"Mir reicht es auch, bin fast erstickt hier drin!", beschwerte sich Jonas, als er ächzend von einem Bein auf das andre trat, um sich beide wieder ein wenig mit Blut durchzuzirkulieren.

"Ow, ow, ow, mein eingeschaltetes Hassometer meldet mir 35 Bar pro Zentimeter Ihrer Körpergröße", scherzte der junge Mann in seiner schmucken Pagenuniform.

"Naja, es geht schon wieder", schien sich Jonas zu beruhigen. "Aber er hätte mich besser auf das vorbereiten können, was da auf mich zukommt."

"Dann hätten Sie ihm womöglich abgesagt und das Risiko wollte er nicht eingehen. Zuerst hat er übrigens mich gefragt, aber ich mach bei solchen altertümlichen Shows nicht mit, ist eher was für IHRE Generation", erklärte ihm der Page, wobei er sich ein Grinsen nicht verkneifen konnte.

"Wissen Sie was, mein Junge? Sie sollten sich auch schnell Falten anschaffen, damit man Sie ernst nimmt!"

"Danke für den Tipp, Meister", keckerte der Page und salutierte zackig. "So faltig finde ich Sie gar nicht, nur halt dem Zeitgeist hinterherhinkend, hehe!"

Ziemlich erbost rief Jonas nach dem Abgang des frechen Pagen den Inspektor an, um ihn von seinem Verdacht gegen den Hobby-Zauberer in Kenntnis zu setzen und ihm die überaus missliche Lage, in welcher er sich eben befunden hatte, zu schildern.

"Und jetzt denken Sie, dieser Groves sei ein bezahlter Killer? Nur, weil er Sie in dem Sarg ein wenig zu lang schmoren ließ?"

"Versetzen Sie sich doch nur einmal in seine Lage! Was ist unverdächtiger als ein aufgeblasener Magier-Verschnitt, der hier öffentlich auftritt, mit seinen müden Witzen das Publikum für sich gewinnt und nebenbei einige Morde begeht!!!" Die letzten Worte waren etwas lauter ausgefallen als sie Jonas beabsichtig hatte, was wohl seiner erhöhten Adrenalindosis im Körper geschuldet sein mochte.

"Na schön", willigte Tamzin ausatmend ein. "Lassen Sie Ihre Stimmbänder wieder abschwellen! Ich werde dem Mann auf den Zahn fühlen."

"Ja, reißen Sie dem Tiger seine Zähne aus!", ermunterte ihn Jonas und fühlte sich augenblicklich wieder viel besser.

16. Kapitel: **Das Damoklesschwert**

Nach der Durchsuchung des Hotelzimmers von Arthur Groves, bei dem die Polizei wenig erstaunlich nichts an handfesten Beweisen fand, wurde Jonas mulmig. Beim Telefonat mit Tamzin, der ihm enttäuscht berichtete, weder eine Kanone noch sonstige Waffen oder fragwürdige Aufzeichnungen im iPhone oder ganz altmodisch auf Papier gefunden zu haben, kroch klammheimlich Furcht in Jonas hoch. Was muss dieser zaubernde Archäologe doch für ein raffinierter Hund sein, überlegte er, der sicher Rache an mir übt.

"Werter Mr. Jericho, dieser Groves scheint sauber zu sein, außer er hat alle stichhaltigen Beweise gegen sich einfach weggezaubert, als er uns sah."

"Naja, äähh, das tut mir leid, Inspektor, aber denken Sie nicht, dass ein halbwegs normal intelligenter Killer seine Tatwerkzeuge nicht einfach im Kleiderschrank oder unter seinem Bett verstecken würde, sondern eher in einem Depot außerhalb des Hotels?", verteidigte sich Jonas tapfer.

"Dieser Verdacht kam mir auch, ja! Daher habe ich ihm auch eindrücklich geraten, die Stadt nicht zu verlassen."

"Na, von mir aus könnte er ruhig abdampfen. Sonst wird er womöglich noch übergriffig gegen mich."

"Tja, selbst schuld", höhnte Tamzin. "Über Ihnen schwebt nun ein Damoklesschwert! Bald kommt Sie die Nemesis holen!"

"Sehr witzig, freut mich, dass Sie auch mal Spaß in Ihrem schweren Beruf haben, Inspektor!"

"Mein Beruf ist zwar nicht leicht, aber ich erfülle ihn voll Enthusiasmus", posaunte ihm Tamzin in den Gehörgang, ehe er auflegte.

So ein Pech, ärgerte sich Jonas, wie schön wäre es gewesen, wenn der Pseudo-Archäologe ein volles Magazin oder zumindest eine Kugel daraus im Nachttischchen übersehen hätte...

Berechtigterweise fürchtete er nun die Rache des Magiers, der seiner Ansicht nach über ganz gefinkelte Methoden des Gegenangriffs verfügte. Zum Beispiel könnte er ihn mit einer Klaviersaite erdrosseln, mit einem Buttermesser erstechen oder auch einfach nur in den Liftschach werfen - Entsetzlich!!!

Der arme Jonas starb in seiner blumigen Fantasie schon einige Tode, doch die Realität konnte diese noch weit übertreffen...

Und in der Tat, kurz darauf, pochte es heftig an Jonas' Hotelzimmertür, die er nur widerwillig öffnete, da er schon ahnte, WER sich dahinter befand.

"Mr. Groves!" Das aufgesetzte Lächeln gefror ihm.

Draußen stand grimmig tatsächlich derjenige, welchen er als Berufskiller unter schwerem Verdacht hatte. Schlagartig stieg seine Pulsfrequenz und er spürte, wie sich Adrenalin in seinem Körper verbreitete.

"Mr. Jericho! Gehe ich recht in der Annahme, dass SIE mir die Polizei auf den Hals gehetzt und ins Zimmer geschickt haben?"

"Äh-nein..."

"Sie sind ein schlechter Lügner, aber was soll's, ich kam zur Conclusio, mir Ihren Zorn zugezogen zu haben, weil ich Sie für Ihre Teilnahme an meinem kleinen Zaubertrick nicht entlohnt habe!"

"Nein, das ist es nicht...", druckste Jonas herum.

"Was dann? Neid auf meinen Erfolg?"

Nun sah Jonas entrüstet drein. "Also das schon gar nicht, ich gönne Ihnen den Erfolg, Sie sind wirklich ein ausgezeichneter Magier, wenn ich die Tricks - bis auf den letzten - auch schon gekannt habe."

"Nun rücken Sie schon mit der Wahrheit heraus. Sie hegten wirklich den Verdacht, ICH sei der Mörder von dieser armen kleinen Verkäuferin?"

"Und von GPS, den Sie als Auftragskiller um die Ecke brachten, äh-meiner Ansicht nach..." Halb versteckte sich Jonas hinter seiner Hotelzimmertür, denn er vermutete gleich Opfer des Zornes von Arthur Groves zu werden. Von dessen kräftigen Armen umschlungen und erdrückt zu werden, oder von dessen riesigen Pranken am Hals gepackt und einer Würgeattacke zu erliegen.

"Ursprünglich wollte ich Ihnen ja nun Geld für Ihren Auftritt bei mir anbieten, doch jetzt sehe ich, dass Sie ein Geständnis von mir erwarten."

"Waren Sie es?" Eine Mischung zwischen Angst und Hoffnung keimte in Jonas Gehirn auf.

"NEIN, Sie aus Versatzstücken billiger Detektivromanen entsprungener Epigone! Ich bin ein simpler Archäologe, der auf seinen großen Durchbruch in Las Vegas hinarbeitet!", herrschte ihn Groves an, wobei Jonas eine leichte Alkoholfahne vernahm. Vermutlich hatte sich der Verdächtige einen hinter die Binde gekippt, um sich vom Schock des Polizeibesuches zu erholen.

"Dann tut es mir leid, dass ich Ihnen Unannehmlichkeiten bereitet habe", entschuldigte sich Jonas halbherzig, da er immer noch einen Restverdacht gegen den Möchte-gern-Las-Vegas-Magier hegte. Immerhin wies Groves eine leichte Ähnlichkeit zu Siegfried auf.

"Sind Sie Dog, der Kopfgeldjäger? Oder nur ein plumper Journalist, der sich hier erste Sporen als Hobby-Detektiv verdienen möchte?"

"Vermutlich letzteres", gab Jonas zu. "Wir haben da wohl etwas gemeinsam: Sie wollen in Las Vegas zaubern und ich hier in England ein Verbrechen aufklären! Beide hoffen wir auf unseren Durchbruch... Also, ... ich bitte Sie um Verzeihung."

Arthur Groves ließ einige Sekunden vergehen, die sich wie Minuten anfühlten, ehe er sich zu einer scheinbar beruhigenden Aussage bequemte:

"Angenommen! Ich wollte heute nach Amerika abreisen, um eine Tournee zu starten!"

"Ach, Sie wollten abreisen, so schnell?"

"Nicht schnell, meine Abreise war geplant. Nachdem SIE mich allerdings bei der Polizei schon angeschwärzt haben, muss ich wohl oder übel meine Tournee verschieben bis zur Aufklärung des Verbrechens oder der totalen Zerstreuung des vollkommen unberechtigten Verdachtes gegen mich. Ich hoffe, Sie schreiben in dem Käseblatt, für das Sie als Journalist tätig sind, wenigstens etwas Gutes über mich!"

"Verlassen Sie sich darauf, Mr. Groves, ich vergesse nicht Ihren epochalen Auftritt im vollen Gemeindesaal von Stoke-on-Stove zu erwähnen!", versprach Jonas ihm eifrig.

Wortlos wandte sich Arthur Groves um und entschwand. Anhand seiner stampfenden Schritte konnte Jonas noch ein gerüttelt Maß an Groll bei ihm feststellen.

Hoffentlich belegt der mich nicht mit einem Voodoo-Fluch, dachte Jonas, was könnte ich jetzt unternehmen? Ich hab's, im Gemeindesaal fiel mir ein Plakat eines Theaterworkshops auf, da werde ich mich einfach erkundigen, ob ich daran teilnehmen kann, denn dort treffe ich bestimmt kommunikationsfreudige Leute.

Um diese Uhrzeit - knapp 13 Uhr - schien dort allerdings nichts los zu sein. Der Saal zeigte sich verwaist und das Plakat des Theaterworkshops war mittlerweile entfernt worden. Eine Putzfrau kam mit einem großen Besen, die Jonas um Rat fragen wollte.

"Pardon, wissen Sie, wo ich mich zum Theaterworkshop anmelden kann?"

Betrübt zuckte sie die Achseln. "Der ist schon vorbei, versuchen Sie es bei der Prinzipalin des Theaters, Miss Vanderberg. Sie hält sich gerade beim Portier auf."

"Danke! Welch günstiger Zufall", freute sich Jonas und erinnerte sich des Namens: das war doch die Fußmalkünstlerin, die ihren Papagei verewigt hatte. Er hetzte zum Portier, der sich im angeregten Gespräch mit einer Dame befand, die ein weißes Kostüm und einen sombreroartigen Hut mit Schleier trug. Derart adjustiert hätte sie fabelhaft nach Ascot gepasst.

"Darf ich kurz stören?", fragte er schüchtern und wartete, bis beide ihn ansahen. "Mein Name ist Jonas Jericho und ich würde gern an dem Theaterworkshop teilnehmen."

"Guter Mann, den habe ich längst abgeschlossen!"

"Oh, Miss Vanderberg, es wäre mir so eine Ehre, mit Ihnen über das Theater und die Kunst parlieren zu dürfen. Ich sah auch Ihr naturalistisches Bild im Fußmal-Kurs von Sherry!"

Aus ihrer weißen Clutch entnahm sie eine Visitenkarte und reichte sie ihm. "Besuchen Sie mich heute zur Teatime."

Mit einer Verneigung nahm er die Karte entgegen. "Danke, ich werde pünktlich erscheinen!"

Mit der erbeuteten Karte und der erschlichenen Einladung zufrieden, machte er sich nun zum Mittagessen auf. Bei einem Imbissladen kaufte er sich eine Portion Fish and Chips und bekleckerte sich mit Mayonnaise, was eine Einkehr in sein Hotelzimmer nötig machte. Denn mit einem bekleckerten Anzug konnte er unmöglich einer so feinen Dame seine Aufwartung machen, daher beschloss er bei der Gelegenheit des Umziehens noch eine Dusche zu nehmen.

Als Jonas aus seinem kleinen Hotel-Badezimmer in seiner gestreiften Unterhose herauskam, da saß Agatha schon auf seinem Bett.

"Mrs. Christie, Sie bringen mich in Verlegenheit, wenn Sie einfach spontan erscheinen!" Schamhaft errötete er und schnappte sich rasch seinen Morgenmantel.

"Ich wollte Sie mit meinem Besuch überraschen."

"Wie nett von Ihnen, doch warten Sie nächstes Mal, bis ich entsprechend angekleidet bin."

"Sehen Sie in mir einfach nur ein Hologramm aus einer Parallelwelt. Was haben Sie heute denn so vor?"

"Ich treffe eine Theaterprinzipalin namens Vanderberg."

"Wenn Sie eine ihrer Aufführungen besuchen, bringen Sie Ihr Strickzeug mit - halt ich vergaß, SIE stricken ja nicht, können sich daher mit Ihrer neumodischen Erfindung namens Smartphone von der Langeweile ablenken."

"Sie können ja ganz schön spitz sein", fiel Jonas auf. Ja, der Tod beendete nicht die Charaktereigenschaften des Menschen.

17. Kapitel: **Die Vogel-Liebhaberin**

Miss Vanderberg empfing Jonas in ihrem wirklich komfortablen Haus im Stil einer heruntergekommenen Südstaatenvilla. Mit ihrem bodenlangen, in Pastellfarben changierenden Kleid wirkte sie auch fast wie eine Südstaatenschönheit. Ihr gelocktes bordeauxrotes Haar verlieh ihr einen Hauch Verruchtheit.

Die Dame setzte einen etwas verlorenen Blick auf, als er hereinkam, verhielt sich sonst schweigsam, und ihm fiel der leere Käfig in einer Ecke des mit Büchern, Vasen und Krimskrams überladenen Zimmers auf. Auf einer Stellage direkt gegenüber hockte ein Ara, dessen knallig blau-rotes Federkleid im Kontrast zu seinem quietschgelben Schnabel stand. Da er ein großer Tierfreund war, ging er schnurstracks auf ihn zu.

"Ja, so ein lieber Papagei!"

"Strecken Sie ihm nicht den Finger hin, sonst glaubt er, es gibt Fleisch!"

Die Warnung kam leider zu spät, denn kaum wollte Jonas den possierlichen Gesellen über das Köpfchen streicheln, ließ der bunte Vogel - verärgert über diese gänzlich unerwünschte Sympathieoffensive - seinen Kamm schwellen und peckte auf dessen Zeigefinger.

"AUA!"

"SIE wollen doch auch nicht von King Kong über den Kopf gestreichelt werden, richtig?" Beim schadenfrohen Lächeln zogen sich ihre Mundwinkel leicht nach unten. Eventuell befand sie sich schon in dem gewissen Alter, in welchem sich Frauen von Männern enttäuscht nur noch ihrem Haustier zuwenden.

"Nein, natürlich nicht, wie dumm von mir", gab Jonas zu und steckte seinen verletzten Finger in den Mund, um ihn mit Speichel zu desinfizieren. So eine gefiederte Kampfmaschine, schimpfte er innerlich. Dann überlegte er, wie er von seinem Missgeschick ablenken konnte. "Ich kannte einen Papagei, der konnte nur einen Satz sagen, der lautete: Heute spreche ich nicht viel!"

"Erst wenn das letzte Wildtier abgeknallt, der letzte Fisch gefangen und das letzte Haustier verstorben ist, werdet ihr erkennen, dass ein Mensch nur ein geringwertiger Ersatz dafür ist", deklamierte sie gestenreich.

"Jaja, wie recht Sie haben, Mylady! Ich bin mir sicher, Ihr Papagei liebt Sie abgöttisch."

"Selbverständlich, denn er weiß, ich bin eine Frau, die gut zu Vögeln ist!"

Ob der Zweideutigkeit dieses Satzes stutzte Jonas kurz.

"Kamen Sie nur zu mir, um sich von Kroki in den Finger picken zu lassen?"

"Nein, eigentlich wollte ich Sie über Ihren so ominös zu Tode gekommenen Mitbürger GPS befragen. Als Journalist berichte ich nämlich über ungeklärte Kriminalfälle, um etwas zur Aufklärung beizutragen."

"Da gibt es nicht viel zu berichten. Ich hatte kaum Kontakt zu ihm, außer einigen Auftritten bei Gericht. Der Mann verklagte mich, weil ich von seinem Grundstück gequälte Vögel rettete, wobei er behauptete, ich hätte ihm einen Pfau gestohlen."

"Das haben Sie natürlich nicht getan."

"Nein, ich habe ihn befreit, denn das arme Tier konnte dort kein Weibchen finden, während sein Herrchen unablässig hinter jedem Rock herjagte."

"Sie hielten ihn für einen Schürzenjäger?"

"Ich hielt ihn nicht dafür, er präsentierte sich so. Und welche Angst er vor dem Tod hatte. Vor Gericht meinte er, ich trachte ihm nach dem Leben, wie lächerlich! Aber alle Reichen haben Angst vor dem Tod!"

"Ehrlich gesagt, ich auch, Miss Vanderberg, obwohl ich nicht reich bin."

"Sie sollten sich einfach überlegen WARUM die Reichen solche Angst vor dem Tode haben..."

Nun schien sie darauf zu warten, dass er wohl lauthals einige dieser Überlegungen preisgab, doch er meinte nur: "Verraten Sie es mir?"

"Weil Sie wissen, was nach dem Tod auf sie zukommt."

"Das Begräbnis?"

"DANACH kommt für diese Hedonisten, die ihre Seele für all den Luxus auf Erden dem Teufel überschrieben, nur Dunkelheit, während die Armen endlich ins Licht kommen. Denn eher geht ein Kamel durch ein Nadelöhr, als dass ein Reicher in den Himmel kommt. WIR, die nicht reich sind, wissen was nach dem Tod auf uns wartet! Das ewige Leben, die Reichen jedoch erwartet ewige Verdammnis." Dabei ballte sie eine ihrer Hände zu einer Faust und schlug sich damit in die andre offene Handfläche.

"Das hört sich ja, äh-wie soll ich sagen, schlimm an." Etwas verwirrt guckte er sich seinen verletzten Finger an, froh, dass er nimmer blutete.

"Darum versuchen alle Reichen, ihr Leben auf Teufel komm raus zu verlängern und den Tod zu vermeiden."

"Irgendwie verständlich, wenn man bedenkt, was sie hier alles zurücklassen müssen..."

"Das goldene Kalb, um das sie tanzen, ist das Leben nicht wert."

"Natürlich nicht. Allerdings liegt es doch in der Natur des Menschen, den Tod unter allen Umständen zu vermeiden."

"Ich bin bereit, wenn der Herr mich zu sich ruft! Und ich werde seinem Ruf ohne die geringste Klage folgen!", behauptete sie theatralisch.

"Ich auch, aber es sollte möglichst nicht in den nächsten Jahren sein", fügte Jonas schnell hinzu. "Aber mir kam vorhin beim Eintritt durch die Säulen Ihrer Villa der Verdacht, dass Sie auch zu den Reichen gehören, Miss Vanderberg."

"Pah, Sie verwechseln mich wohl mit den Vanderbilts! Doch falls Sie auf mein Haus anspielen, das gehört bereits der Bank, ich bin nur geduldete Mieterin mit Wohnrecht auf Lebenszeit."

"Ach so, dann fasse ich mal zusammen: Sie lernten Mr. Simmons im Malkursus kennen, fanden heraus, dass er Vögel quält und prozessierten dann mit ihm."

"Gegen ihn! Und ich lernte ihn schon vor dem Malkursus bei einer Wohltätigkeitsveranstaltung kennen", korrigierte sie ihn.

"Aha. Waren Sie auch einmal zu einer Veranstaltung auf seiner Jacht eingeladen?"

"Nein, wirklich nicht, denn ich bin seekrank!"

"Oh, das tut mir aber leid..."

"So, ich muss nun meine täglichen Yoga-Übungen machen", kündigte sie an, wobei sie bereits die Arme zur Seite bewegte, als wollte sie einen Riesen umarmen.

"Warum müssen Sie täglich üben? Sie sehen mir schon nach einer Yoga-Meisterin aus." Vermutlich will sie doch ihr Leben ausdehnen, dachte er insgeheim, hütete sich jedoch davor, sie mit seinem Verdacht zu konfrontieren.

"Wissen Sie, was der begnadete Pianist Arthur Rubinstein antwortete, als man ihn fragte, wieso er mit 80 Jahren noch immer täglich stundenlag übte?"

"Ähh..." Jonas kramte in seinem Zitate-Wortschatz, doch konnte die passende Antwort nicht finden. "Nein."

"Na, weil ich den Eindruck habe, dass ich Fortschritte mache!"

"Haha, der war gut, ich meine, es ist natürlich richtig, dass Übung den Meister macht, doch als Meister kann man auch mal einen Tag üben ausfallen lassen."

"EBEN NICHT!"

"Entschuldigen Sie!" Wo bleibt eigentlich der Tee, wunderte sich Jonas, da sie ihm nicht einmal ein Glas Wasser anbot.

"Während ich mich körperlich konzentriere, merke ich, wie meine Gehirnzellen sich regen, und zwinge sie, abgestandene Vernetzungen durch neue Synapsen zu bereichern. Weniger geschwollen ausgedrückt: ich lerne dazu!"

"Tja, da könnten ja die Jungen von Ihnen noch viel lernen!"

"Sie sagen es, junger Mann. Schon Platon lehrte: Hat jemand mit dem Alter Probleme, so liegt das an seinem Charakter! Das Älterwerden bringt viele Vorteile mit sich: Gelassenheit und die Fähigkeit, den Blick auf höhere Wert zu lenken, für die man in der triebgesteuerten Jugendzeit wenig Verständnis hat. Und auch Schopenhauer - den kennen Sie doch?"

"Nicht persönlich, ich schätze ihn nur als Philosophen, haha!"

Auf den verunglückten Witz ging sie nicht ein. "Er sagte: Gewiss aber ist, dass der Jugend eine gewisse Melancholie und Traurigkeit, dem Alter eine gewisse Heiterkeit eigen ist. Der Grund hierfür ist kein anderer, als dass die Jugend noch unter der Herrschaft des Geschlechtstriebes (sie legte die Betonung auf SCHLECHT) steht und die daraus entstehenden Affekte einen beständigen, gelinden Wahnsinn - den ich persönlich so gelinde gar nicht finde - im Menschen unterhalten, sodass er erst nach Erlöschen desselben ganz vernünftig wurde."

"Richtig, da ist schon etwas dran", bestätigte Jonas pflichteifrig. "Allerdings kannte ich auch ältere Personen, die der Erkenntnis nicht entsprachen..."

"Das sind Ausnahmen, die die Regel bestätigen", winkte sie gelangweilt ab. "Sicher gibt es alte Herren, die dem Reiz junger Damen verfallen."

"Jaja, der größte Depp ist ein alter Depp, wie man bei uns daheim zu sagen pflegt."

Sie schien in der Stimmung zu sein, ihr großes Wissen über griechische Philosophen weiter zu verbreiten wollen: "Platons Schüler Aristoteles vertrat eine konträre Meinung. Alte Menschen machten die Vergangenheit zum alles beherrschenden Thema, meinte er, weil sie wenig Zukunft vor sich hätten."

"Da kenne ich auch einige, die über 100 wurden!"

"Da die meiste Zeit ihres Lebens beschwerlich war, zetern und jammern sie und tragen so dazu bei, dass die Stimmung ihrer Mitmenschen auf den Tiefpunkt sinkt. Das Alter präsentiere sich laut Aristoteles als eine Art natürlich Krankheit, Dem gegenüber steht wiederum das hohe Ansehen, welches die ältere Generation schon seit Konfuzius in China genießt."

"Ach, darüber wissen Sie auch Bescheid?", wunderte er sich. Die Frau verfügt ja über ein Festplattengedächtnis, dachte er.

"Natürlich, ich bin allseits gebildet! Ich halte es mit Michel de Montaigne, der für ein aktives Alter eintritt, in dem man seiner Berufs- oder sonstigen Tätigkeit weiter zum öffentlichen Wohle und dem seiner Familie noch möglichst lange nachgehen sollte!"

"BRAVO!" Begeistert klatschte er mehrmals in die Hände, worauf der Papagei laut zu kreischen begann.

"Hören Sie auf, Sie machen Kroki ja ganz verrückt!", ermahnte sie Jonas streng.

"Verzeihung! Sie haben ihn eventuell nicht bemerkt, den Widerspruch in ihren Ausführungen."

"Widerspruch?" Verständnislos sah sie ihn an, so als hätte er sich als Gottes Engel vorgestellt.

"Na, einerseits sagten Sie, Sie würden Gottes Ruf ohne Klage befolgen, andererseits verteidigen Sie das hohe Alter, in welches Sie offenbar kommen wollen."

"Darin liegt kein Widerspruch, denn ich habe das starke Gefühl, dass mich Gott erst sehr spät zu sich ruft!", erklärte sie ihm eindringlich, so als wäre sie seiner Argumente überdrüssig. "Wenn er gnädig ist, dann holt er mich erst bei sehr weit fortgeschrittener Demenz endlich zu sich!"

"Davon ist bei Ihnen noch nicht die kleinste Spur festzustellen, verehrte Miss Vanderberg. Ich wette, Sie haben bereits einen Verdacht, WER Mr. Simmons ins Land der Toten gesandt haben könnte."

"Wette gewonnen! Ich verdächtige den Gärtner, einen gewissen Mr. Sumner. Hat eine Gärnerei und kümmert sich nebenher auch um das weitläufige Grundstück des Ermordeten."

"Vielen Dank und viel Erfolg noch für Ihre nächste Aufführung!"

18 Kapitel: **Im Garten der Lüste**

Also das wäre wirklich zu banal, dachte Jonas, wenn sich der Gärtner als Mörder herausstellen sollte. Doch andrerseits konnte er gerade damit punkten, wenn er sich trotz Unverdächtigkeit als Täter im Hintergrund hielt. Daher beschloss Jonas, ihm auf den Zahn zu fühlen und besuchte einfach seine Gärtnerei, in welcher die schönsten Rosen des ganzen Ortes erblühten. Wirklich, der ihm bisher unverdächtigste Mann hatte einen grünen Daumen. Als dieser in Persona mit einer Gartenschere in der Hand erschien, erging sich Jonas gleich in einer wahren Lobeshymne.

"Also wirklich, man sagte mir ja schon, wie schön Ihre Blumen sind, vor allem die Rosen, doch mit solcher Blütenpracht rechnete ich nicht. Wahrlich ein Traum. Die Göttin Flora würde Ihnen einen Lorbeerkranz flechten."

"Die Göttin Flora flicht keine solchen Kränze! Sie sind sicher nicht wegen meiner Rosen bekommen, sondern um im Fall von GPS zu ermitteln", sprach ihn der Gärtner Nathaniel Sumner unverblümt auf sein Kommen an. Sein milde lächelndes Gesicht verlieh ihm etwas Onkelhaftes. Seine klobigen Gummistiefel unter einer grünen Arbeitsmontur ließen dagegen den Verdacht aufkommen, er hätte eben sein nächstes Mordopfer begraben.

"Ja, das ist richtig, wie schnell sich doch solche Kunde herumspricht. Also, was können, oder vielmehr wollen Sie mir zum Mordopfer berichten?"

"Er entwickelte eine Großmannsucht und brachte es damit von einer Null zur Million!" Bei dieser Beurteilung ließ er seine Gartenschere einige Male auf- und wieder zuschnappen.

"Ach? Ich dachte, er erbte sein Vermögen?", zeigte sich Jonas ziemlich überrascht.

"VOR dem Tod seines Erzeugers, der seine Prunksucht zu Lebzeiten nicht unterstützen wollte. Gene konkurrierte mit mir, er bestritt einen regelrechten Wettbewerb. Den konnte ich nicht gewinnen, da er immer seinen Vater und dessen beste Vernetzung ins Spiel einbrachte. Daher brachte ich es nur zu dieser Gärtnerei und er durch geschickte Spekulationen mit Leihgeldern der Freunde seines Vaters, die er schon auf dessen Tod vorbereitete, zur ersten Million Pfund!"

"Und da das Leben sehr ungerecht ist und solche Umtriebe noch unterstützt, bald zur zweiten und dritten, hab ich recht?", mutmaßte Jonas und schnupperte kurz an einer Rose.

"Mit den Millionen schon, doch nicht mit dem Leben. Das Leben ist nicht ungerecht, sondern die Menschen sind es. Wäre Gene nur ein armer Mann ohne reichen Vater wie ich gewesen, dann hätte er es nicht geschafft, mich unterzukriegen. Aber ich habe ihn nicht getötet. Ich fand so viel Freude und Trost bei meinen

Pflanzen. Sie verstehen jedes Wort, das man zu ihnen spricht. Meine Passion fand im Dialog mit ihnen immer neue Nahrung."

"Hm, aber mit Worten allein haben Sie diese herrlichen Rosen doch nicht zur Blüte gebracht?" Begierig schnupperte Jonas erneut an einer der herrlichen Exemplare, deren betörender Duft zum Kauf anregte.

"Nein, auch ein wenig Talent zum Pfropfen und Züchten und die Liebe zur Natur haben dabei geholfen. Jedenfalls half ich niemandem ins Grab, falls Sie das dachten."

"Zurück zu GPS, der war vielleicht doch nicht so übel, wie Sie ihn darstellen."

"Ich glaube kaum, dass er eine Persönlichkeitstransplantation über sich ergehen hat lassen. Alles, was er tun konnte, war, von seiner unerquicklichen Art mit seiner als Großzügigkeit getarnten Protzsucht abzulenken."

"Und Ihnen den Job der Aufsicht über seine Pflanzen zu überantworten!", erinnerte ihn Jonas.

"Den ich auch zu seiner vollsten Zufriedenheit ausführte, oder behauptet jemand das Gegenteil?" Die Gartenschere in seiner Hand zeigte gefährlich auf Jonas Hals.

"NEIN! Aber es heißt, das Gärtner Mimosen ähnlich seien."

"Ich nicht, ich konnte Kritik vertragen, wenn er sich über Blattläuse beschwerte, vertilgte ich sie mit Nikotin und wenn er sich über welke Blätter beschwerte, klaubte ich sie eigenhändig von den Pflanzen ab."

"Ich bewundere Ihre Arbeitsmoral, viele Gärtner hätten einfach der Natur ihren Lauf gelassen."

"Dann bräuchte man doch keinen Gärtner", erklärte ihm Sumner in gepresstem Ton. "Der Gärtner muss der Natur bei ihrem Werk unterstützend behilflich sein."

"Mit giftigen Pflanzenschutzmitteln?", forschte Jonas.

"NEIN, solchen Dreck werden Sie bei mir nicht finden, ich verachte alle Chemie!"

"Es gab also keinen Streit zwischen Ihnen und GPS?"

"Nein, auch wenn Sie das vielleicht von einer seiner zahlreichen Eroberungen gehört haben. Befragen Sie doch alle seine Damen. Aber eines sage ich Ihnen gleich: ein Urlaub wird dazu nicht ausreichen!"

"Jaja, ich weiß schon, dass er in dieser Richtung nicht sparsam gewesen ist."

"Im Garten haben die Ferkel es auch getrieben. Da können Sie auch den Parasiten namens Fairbanks fragen."

"Diesbezüglich war er diskret. Von Lust und Liebe im Garten hat er gar nichts erwähnt."

"Warum fragen Sie nicht seinen willfährigen Handlanger, der ihm die Schönen regelrecht zugeführt hat?"

"Und wer ist das?"

"Das müssen Sie Aushilfs-Detektiv schon selber rausfinden!"

Etwas enttäuscht verließ er die Gärtnerei und wollte sich in seinem Zimmer zur Ruhe begeben, von der er hoffte, dass es nicht die ewige sein würde.

Die Hotelbesitzerin Mrs. Phelps kam ihm zuvor in die Quere und sah ihn scharf an. "Mr. Jericho, flogen Sie mit der Enola Gay hierher? Sie lassen ja eine Bombe nach der andern in unsrem stillen Örtchen platzen!" Mit ihrer grauen Schluppenbluse wirkte sie wie eine strenge Gouvernante.

"Also bitte, dieser Vergleich ist erstens unpassend und zweitens politisch unkorrekt", wehrte ihn Jonas empört ab.

"Paaah, politische Korrektheit ist doch nur ein Trick, um uns alle manipulieren zu können", wetterte sie, die noch immer wütend über seine Ermittlungen zu sein schien. "Unterlassen Sie Ihre unqualifizierten Machenschaften, wenn ich bitten darf! Sie bringen das ganze gemeinschaftliche Gefüge unserer Gemeinde durcheinander!"

"Naja, aber einige Gemeindemitglieder sind auch sehr gemein, wenn ich mich dieses Wortspielchens bediene darf!"

"Das dürfen Sie nicht! Sie sind auch kein richtiger Ermittler, Sie werfen nur mit persönlichen Wertungen um sich. Außerdem waren Sie nie nahe genug am Geschehen! So, jetzt müssen Sie mich entschuldigen, denn ich muss noch Zitronenmarmelade einkochen!"

"Oho, ich habe noch nie gesehen, wie jemand englische Zitronenmarmelade einkocht."

"Und das werden Sie auch weiterhin nicht, weil ich es Ihnen nicht zeige!" Trotzig schob sie ihre Unterlippe vor.

"Wie schade, gerade, als unsre Unterhaltung versprach spannend zu werden!", bedauerte Jonas und ließ demonstrativ den Kopf hängen. "Damned!"

"Dieses Vokabel geht Ihnen ja sehr leicht über die Lippen!"

Nach zwei Sekunden des Schweigens fühlte er sich bemüßigt, eine unverfängliche Unterhaltung zu beginnen und entschied sich für das Wetter als Thema: "Schönes Wetter, so soll es laut Vorhersage noch etliche Tage bleiben."

"Pah, jede Prognose, die über drei Tage hinausgeht, ist gewagt und jede Prognose, die über fünf Tage hinausgeht, ist reine Spekulation!"

Oje, ahnte Jonas schon, das wird nicht einfach werden mit so einer leicht gekränkten Hotelbesitzerin!

"Mrs. Phelps, ich möchte gern über meine Erlebnisse hier eine Reisereportage schreiben, können Sie mir nicht dabei helfen, mit einigen historischen Details?" Damit hoffte er, sie gesprächig zu machen und einiges zu erfahren, das sie ihm nicht preisgeben wollte.

"Da muss ich es machen wie ein Tennisspieler: weit ausholen!"

Just in dem Augenblick, da sie doch auskunftsbereit schien, läutete ihr iPhone, das sie aus ihrem linken Ärmel zog. "Hallo? Ach, DU bist es, warte, ich suche mir nur ein stilles Plätzchen!"

Mit dem iPhone am Ohr wieselte sie eilig davon und ließ Jonas einfach stehen. Den Gang in sein Zimmer ersparte er sich, da er Lust auf einen Abendspaziergang verspürte.

Auf dem Weg in die Natur begegnete ihm Pringles, der allerdings achtlos an ihm vorbeiwankte. Außer dem Duft seines Rasierwassers zog er noch einen Hauch von Wehmut hinter sich her, als er so in Richtung Pub wanderte. Wie jemand, der etwas gesucht und wieder einmal nicht gefunden hatte. Also änderte Jonas seine Richtung und folgte ihm.

"Mr. Pringles, wohin des Weges?"

"Ich wüsste nicht, was das so einen lästigen Touristen wie Sie angeht!" Dem unverschämten Satz folgte noch ein lauter Rülpser. Bei der Verteilung der negativen Charaktereigenschaften schien er öfter HIER gerufen zu haben!

"Was haben Sie denn auf einmal gegen mich?"

Mit verkniffenem Gesicht blieb Pringles stehen und keifte ihn an: "Wenn einer in anderer Länder Mordfälle herumstochert und noch dazu beim Mord an einer kleinen Verkäuferin hautnah dabei war, dann stimmt mich das argwöhnisch!"

"Das ist eine neuartige Erfahrung für mich, wenn man vom beliebten Journalisten plötzlich zum angefeindeten Protagonisten wird."

"Hierorts wird man schnell begraben, doch Tote leben bekanntlich länger!", drückte er sich mystisch aus und beäugte Jonas mit einer Mischung aus Herablassung und Verachtung.

"Sie reden als hätten Sie zu viele amerikanische B-Movies gesehen, mit ausgesprochen schlechten Storylines, mein Freund!"

"Ihr Freund bin ich keinesfalls, dazu kenne ich Sie zu wenig", meinte Pringles und setzte seinen Weg fort.

"Ich bin sicher, dass Sie tief in Ihrem Inneren ein guter Kerl sind!", sagte Jonas versöhnlich und wollte mit ihm weitergehen.

"Das erinnert mich an meine Ex-Frau, deren höchstes Lob für mich lautete: du warst gar nicht schlecht!

Verpissen Sie sich, Mister, sonst werde ich unangenehm!"

Die Eindringlichkeit der letzten Worte seines Widersachers jagte Jonas einen Schauer über den Rücken und zudem ärgerte ihn die rüde Aufforderung, beim Urinieren danebenzuzielen. Daher er sah von einer weiteren Begleitung Pringles ab. Stattdessen rief er den Inspektor an.

"Hallo, Inspektor Tamzin, ich wollte Sie nur fragen, ob Sie schon einen Verdächtigen festnageln konnten."

"Ah, Mr. Jericho. Erinnern Sie sich noch an Ihren Goldkäfer - den mit dem Giftstachel?"

"Den Skarabäus, mit welchem die arme Miss Tipsitt ins Jenseits befördert wurde?"

"Ebendiesen haben wir bei dem Landstreicher Fairbanks gefunden."

"Ach... Aber ich denke nicht, dass er es gewesen ist. Denn dann wäre er doch nicht so dumm, ihn bei sich zu haben, damit SIE ihn finden."

"Mr. Jericho, ich bin ein Verfechter der These, dass die kürzeste Verbindung zwischen zwei Punkten immer noch die Gerade ist. Wenn man eins und eins zusammenzählt, gelangt man ermittlungstechnisch zum Ergebnis, das er es gewesen ist. So lange, bis ich keine Beweise zu seiner Entlastung bekomme, oder sich der Ihrer Meinung nach echte Täter stellt, bleibt er in

Untersuchungshaft! Die Presse gab mir da auch schon recht!"

"Die Presse", wiederholte Jonas verächtlich. "Ich kenne mich mit denen aus, bin ja selbst bei diesem Verein. Wenn man falsche Nachrichten lange genug erzählt, dann kann man es bis zum Amerikanischen Präsidenten bringen. Die lahmen Journalisten unter uns schmieren doch alles mögliche in ihre Zeitungen, damit sie leere Seiten füllen und ihre Leser ein wenig unterhalten!"

"Und Sie wollen Journalist sein? Was machen Sie eigentlich hauptberuflich? Quatschen Sie alte Damen in Seniorenheimen voll?"

"Im Gegensatz zu Ihnen rede ich nur das Wichtige!", konterte Jonas schlagfertig diese Beleidigung. Es freute ihn immer, wenn ihm ein gepfefferter Satz auch zur rechten Zeit einfiel, denn oft kam ihm solch eine Erleuchtung erst eine halbe Stunde später.

"Wenn jeder nur redet, was wichtig ist, dann gäbe es eine Sprachverarmung. Dann hätten Sie mich auch gar nicht danach fragen dürfen, was Sie ohnehin gar nichts angeht!"

"Darf ich Fairbanks besuchen?"

"Nein, wirklich nicht. Was Sie unter detektivischer Recherche verstehen, das ist nur ein Sammelsurium zusammenhangloser Interviews mit Leuten, die Ihnen zufällig über den Weg stolpern."

Das hätte ich mir denken können, ärgerte sich Jonas, hätte ich doch meinen Mund gehalten und ihn nicht gereizt. "Na, dann auf Wiederhören!"

Sein journalistischer Ehrgeiz erwachte und so beschloss er, dem Inhaftierten dennoch einen Besuch abzustatten und fuhr sofort am nächsten Morgen mit dem Zug wieder nach Taunton. Dort fand er unschwer zu dem Gefängnis, in welchem die Untersuchungshäftlinge untergebracht waren. Vorsichtig schlich sich Jonas um das Gebäude herum und gelangte an die Zelle, aus der Fairbanks sehnsüchtig durch ein vergittertes Fenster im ersten Stock in die Ferne blickte.

"Pst, Fairbanks, ich bin's", flüsterte Jonas zu ihm hinauf, "ich werde weiterermitteln."

"Na, da seh ich aber schwarz! Können Sie mich nicht mit einer Feile hier herausholen?"

"Tut mir leid, aber in diese missliche Lage haben Sie sich ja selbst gebracht."

"Leider fand ich das goldene Gift-Tierchen und wollte es gewinnbringend verscherbeln."

"Sowas Ähnliches dachte ich mir schon. WO haben Sie es denn gefunden?"

"Na, ganz in der Nähe IHRES Hotels!"

Kurzer Schreck bei Jonas, das kam ihm doch ziemlich seltsam vor, dass ein Beweisstück, welches er der Polizei beschrieben hatte, ausgerechnet in der Nähe seines Quartiers von dem nun Hauptverdächtigen gefunden wurde...

"He, können Sie mir einen guten Anwalt besorgen?"

Aus der Überlegung, WER das Beweisstück denn dort platziert haben könnte, herausgerissen, versprach er automatisch: "Ja, sicher, halten Sie durch!"

19. Kapitel: **Eine Belohnung winkt**

Im Zug nach Stoke-on-Stove dachte Jonas angestrengt nach, welchen Anwalt er für den armen Sünder im Gefängnis wohl aus dem Telefonbuch heraussuchen sollte, da fiel ihm ein, dass er ja bereits die Bekanntschaft eines solchen gemacht hatte. Erfreut holte er dessen Visitenkarte aus seiner Brieftasche.

Nigel Burgess, Anwalt - *Ich regle Ihren Fall zu Ihrer Zufriedenheit!*

Unter diesem vielversprechenden Satz standen Adresse und Telefonnummer des vollmundigen Anwaltes und Jonas zögerte nicht, ihn sofort mit seinem Smartphone zu kontaktieren.

"Hallo, Mr. Burgess, Sie werden sich vielleicht nicht an mich erinnern, aber wir trafen uns im Zug, wo wir kurz miteinander schwatzten."

"Der liebeskranke Journalist aus Österreich, wie ich annehme."

Wow, hat der ein gutes Gedächtnis, dachte Jonas heimlich und kam sofort zur Sache: "Mr. Burgess, ich will nicht lange Ihre Zeit verschwenden, es geht um einen Freund von mir, der unschuldig im Gefängnis sitzt."

"Ob er unschuldig ist oder nicht, das spielt für mich keine Rolle", äußerte sich der Anwalt und gab damit gleich einen Einblick in die Härte seines Berufsstandes.

"Tja, äh- auch gut! Es handelt sich um einen gewissen Fairbanks, der verdächtigt wird, Mr. Gene Patrick Simmons erstochen zu haben. Den kannten Sie eventuell, denn er war ziemlich reich und protzte damit nicht schlecht herum."

"Aber sicher kannte ich ihn! Noch besser kannte ihn allerdings meine Tochter Kathleen."

"Ach??? Sagten Sie nicht, Sie hätten keine Familie?"

"Das sagte ich, da ich nur sehr kurz verheiratet war und nicht über private Dinge mit vollkommen Fremden rede. Man hat als junger Mensch so seine physischen Bedürfnisse, wenn Sie verstehen, was ich meine..."

Ob die Anwaltstochter wohl auch eine der zahlreichen Eroberungen des Schwerenöters war, fragte er sich, während der Anwalt weitersprach.

"Was mir Sorge bereitet, ist, ob Ihr Freund auch reich genug ist, um mein Honorar zu bezahlen."

"Nun, wenn er im Testament des Toten steht, dann dürfte sich diese Sorge erledigt haben. Sie könnten doch vorher Einblick in das Testament nehmen, oder irre ich mich?"

"Ja, ich könnte meinen Kollegen, den zuständigen Notar, darüber im Club aushorchen."

"Ausgezeichnet, ich bin überzeugt, dass Sie Ihren Einfluss geltend machen können."

"Ich ebenso. Wenn Fairbanks nun keine Aussicht auf ein Erbteil hat, übernehmen SIE dann meine Rechnung? Ich sage Ihnen fairerweise gleich, dass ich nicht billig bin!"

"Darauf möcht ich wetten! Mein Gehalt als Journalist ist zwar nicht üppig, aber..."

"Aber Sie machen sich Hoffnung auf die Belohnung, nehme ich an?", führte Burgess den Satz zu Ende.

"Belohnung?" Davon hatte Jonas bisher noch nichts vernommen.

"10.000 Pfund!"

"Wow!" Jetzt fing die Sache erst an, für Jonas so richtig interessant zu werden. Eine neue Motivation spornte ihn nun zusätzlich an.

"Dafür würden manche sogar ihre Großmutter verkaufen."

"Nicht verkaufen, aber vermieten!", gab Jonas, eingedenk seiner Oma, offen zu. Bei einer solch stolzen Summe bekam sein Ehrgeiz zur Mordrecherche trotz aller Widrigkeiten bisher einen immensen Schub. "Man soll das Fell des Bären zwar noch nicht verteilen, ehe man ihn gefangen hat, doch auch ohne die Belohnung bin ich wohl imstande, Ihr Honorar zu begleichen. Darf ich im Gegenzug auf die Information über die anderen Erben hoffen, Mr. Burgess?"

"Klar dürfen Sie das, Mr. Jericho. Wie ich sehe, ist Ihre Nummer nicht unterdrückt. Ich melde mich dann wieder bei Ihnen, sobald ich Näheres in Erfahrung gebracht habe!"

"Topp! Ich freue mich schon auf unsre Zusammenarbeit! Sie sind ein Schatz!"

"Den Schatz werden Sie brauchen, wenn Sie mich entlohnen! Wiederhören!"

"Auf Wieder-" Aufgelegt! Sieh mal einer an, freute er sich dennoch, da habe ich doch glatt die Gelegenheit, bei erfolgreicher Recherche noch ein kleines Zubrot im Urlaub zu verdienen.

An eine Niederlage mit folgender Auflösung seines mageren Sparguthabens dachte Jonas nicht, denn er war schon immer ein Zweckoptimist gewesen.

In seinem Hotelzimmer erzählte er der schon auf ihn wartenden Agatha sogleich die ganze merkwürdige Geschichte von Fairbanks Pech, seinem Auftrag an Burgess zu dessen Verteidigung und trug sich mit dem Gedanken, der Polizei einen nochmaligen Besuch abzustatten.

"Ich denke, Sie brauchen den Inspektor nicht zu fragen, warum er SIE als Täter ausgeschlossen und stattdessen Fairbanks verhaftet hat, nur weil dieser behauptete, den Käfer in der Nähe Ihres Hotels gefunden zu haben. Das kann stimmen oder auch nur eine Schutzbehauptung von ihm sein, um den Verdacht auf Sie zu lenken", kombinierte sie, scharfsinnig wie immer.

"Mir sind da auch ganz andere Gedanken durch mein Gehirn gegeistert, als ich in einer ruhigen Minute alle meine Erlebnisse hier Revue passieren ließ", gestand er ihr.

"Sooo? Und verraten Sie mir Ihre Gedanken auch? Denn ich bin trotz meines zwischenweltlichen Zustandes leider nicht imstande, sie zu lesen."

"Also, was wäre, wenn Miss Tipsitt die Mörderin von GPS war und sie deswegen von jemand anderem in einem Anfall von Selbstjustiz selbst ermordet wurde?"

"Hm, das klingt sehr konstruiert und setzt voraus, dass jemand Miss Tipsitt beim Mord beobachtet haben müsste, oder sie ihm oder auch ihr den Mord gestanden hat."

"Wäre doch durchaus möglich?"

"Ja, schon, allerdings ziemlich unwahrscheinlich. Außerdem fehlt Ihnen dazu doch jedwedes Indiz. Sie müssten sich schon in die Wohnung der armen Miss Tipsitt begeben und diese auf etwaige Hinweise für Ihre Theorie durchsuchen."

"Wenn ich nur wüsste, WO sie gewohnt hat....", überlegte Jonas. "Ah, der Treffpunkt vor ihrem Haus!"

"Sehen Sie, alles, was Sie nun tun müssen, ist, sich in das Haus zu begeben und vorzutäuschen eine Wohnung zu suchen."

"Geniale Idee, das mache ich sofort!"

Bevor er entfleuchen konnte, teilte ihm Agatha noch ihre Sicht der Lage mit: "Nicht so eilig! Mir kommt nämlich noch eine andre Schlussfolgerung."

"Ach, und welche?"

Gekonnt steigerte sie die Spannung, indem sie ihren Ort wechselte. Von einem Mal zum anderen verschwand sie vor seinen Augen und tauchte hinter ihm auf, worauf er ein wenig erschrak. "Was wäre, wenn Miss Tipsitt den Mord beobachtet hat und nun ihrerseits den Täter oder die Täterin erpresste, und deswegen von ihm oder ihr ins Jenseits geschickt worden ist?"

"Hmmm, das haben Sie mir doch schon mal im Traum eingeimpft." Nachdenklich kratzte er sich am Kinn.

"In jenem Fall finden Sie eventuell ebenfalls Hinweise in der Wohnung von Miss Tipsitt."

"Genau, also, ich enteile!", kündigte er freudig an und stob energiegeladen aus seinem Hotelzimmer.

20. Kapitel: **Die Allround-Schriftstellerin**

Das Haus in der Jersey-Street Nr. 11 hatte zwar eine Gegensprechanlage, doch das Tor stand offen, scheinbar um unangenehme Gerüche entweichen zu lassen. Beim Eintreten erschnupperte Jonas tatsächlich penetranten Essensgeruch von ranzigem Fett. Auf den Postkästen standen die Namen der wenigen Hausparteien - sechs an der Zahl. Miss Tipsitts Name stand auf der Zwei, daher machte er sich im Erdgeschoß auf die Suche. Im Hinterhof wurde er fündig.

Die Wohnungtür war klarerweise abgeschlossen, doch praktischerweise stand ein Küchenfenster offen, durch das sich Jonas vorsichtig hindurch zwängte. Sein schwarzer Anzug erlitt dabei einige Staubspuren, die wie ein Streifenmuster aussahen. In der Spüle stapelte sich schmutziges Geschirr, auf dem Küchentisch standen ein Glas Marmelade und eine benutzte Tasse mit der Aufschrift I WILL FIX THE WORLD AFTER BREAKFAST. Auf leisen Sohlen schlich er ins Wohnzimmer, welches mit Ikea-Möbel und einem Computer ausgestattet war.

Ha, dachte Jonas, wenn es mir gelingt, den Computer in Betrieb zu nehmen, könnte ich ihre Geheimnisse aufdecken und wer weiß, eventuell hat sie kleine Hinweise auf den Mörder darin gespeichert. Schon wollte er den Computer starten. Wie man das ohne Passwort macht, hatte ihm einmal ein Hacker, den er für ein Interview besuchte, verraten.

"WAS MACHEN SIE DENN DA?"

Von einer lauten Männerstimme erschreckt, fuhr Jonas kreidebleich herum und fiel dabei fast in Ohnmacht.

"Gott-sei-Dank! SIE sind es nur!", keuchte er pochenden Herzens, als er den Mann erkannte, der wie aus dem Nichts aufgetaucht war.

"Danken Sie Gott lieber nicht, ich habe Sie bei einer Straftat ertappt!", klärte ihn Inspektor Tamzin auf.

"Ja, aber Sie glauben doch nicht, ICH sei der Mörder! Bitte, Sie müssen doch genug Menschenkenntnis besitzen, um zu wissen, dass ich hier nur recherchiere."

"Ja, und zwar ziemlich stümperhaft und verbotenerweise!", wies ihn Tamzin zurecht. "Außerdem gibt es auch genug ungeschickte Mörder, die bei der Beseitigung ihrer Spuren neue verursachen, oder sich inflagranti erwischen lassen."

"Ich wollte doch nur in Miss Tipsitts Wohnung und Computer Hinweise auf ihren Mörder finden und herauskriegen, wen sie möglicherweise erpresst hat."

"So klug bin ich lange vor Ihnen gewesen. Kurzum, sie hat kein Tagebuch geführt, keinen Blog, nichts Wesentliches in ihren Kalender eingetragen und auch sonst keine brauchbaren Beweismittel versteckt."

"Was verstehen Sie unter 'nichts Wesentliches'? Wenn Sie mich einen Blick in den Kalender werfen lassen, dann kann ich-"

"Nichts können Sie!", unterbrach ihn der Inspektor barsch. "Glauben Sie vielleicht, ich verhelfe Ihnen zu 10.000 Pfund?"

"Ich dachte eigentlich, Sie sind froh, wenn ich Ihnen meine Hilfe anbiete."

"So kann man sich irren." Mit verkniffenem Gesicht stemmte der Inspektor seine Hände in die Hüften.

"Immerhin glauben Sie scheinbar doch nicht an die Schuld von Fairbanks." Eine gewisse Erleichterung lag in Jonas' Stimme, denn er mochte diesen Freigeist.

"Was ich glaube, ist ziemlich unerheblich, doch ich vermute, er hatte einen Mittäter."

"Also ICH bin es nicht!"

"Ich könnte Sie wegen Behinderung meiner Arbeit in Haft nehmen."

"Diese Mühe werden Sie sich doch nicht machen!?", hoffte Jonas, denn das brächte seine Ermittlungen ins Stocken.

"Verschwinden Sie und kommen mir nicht mehr in die Quere!" Mit einem Kopfzucken zur Seite wies ihm der Inspektor die Türe, der offensichtlich weiter in der Wohnung ausharren wollte, um den Mittäter auf frischer Tat zu ertappen.

Schnell entfernte sich Jonas und wunderte sich über die seiner Ansicht nach mangelnde Logik des Polizisten. Einerseits wähnte er nichts Wesentliches - also

Belastendes - in der Wohnung, andererseits wartete er geduldig auf das Eintreffen von wem auch immer. Noch immer saß ihm der Schreck in den Gliedern, daher beschloss er, in dem Lokal, das Miss Tipsitt erwähnte, einen Drink zu nehmen.

Am Ende der Jersey-Street befand sich ein kleines Ecklokal, von welchem Miss Tipsitt gesprochen hatte und über dem ein buntes Plakat den Namen verriet: THE JOKER

Passender Name, dachte Jonas, einen Joker benötige ich dringend in diesem Spiel. Als er eintrat, sah er alle Plätze an der Bar besetzt. Auch die Tische waren alle besetzt, bis auf einen am Fenster neben dem Eingang, da saß eine Dame ganz alleine. In ihrem schwarzen Outfit wirkte sie wie eine Trauernde. Eigentlich wollte er sich nicht zu ihr setzen, doch auch nicht ohne einen erfrischenden Trunk abziehen.

"Schönen guten Tag, Mylady, mein Name ist Jonas Jericho, Tourist aus Österreich. Darf ich mich zu Ihnen setzen?"

"Und mein Name ist Prudence Proudwell, Schriftstellerin", stellte sie sich vor und reichte ihm ihre weiß behandschuhte Hand. "Setzen Sie sich!"

"Sehr erfreut", versicherte er ihr und schüttelte ihre Hand kräftig.

"Aua!", beschwerte sie sich. "Etwas Vorsicht, ich bin zerbrechlich wie die Prinzessin auf der Erbse."

"Pardon, da war ich wohl zu stürmisch. Sie sind also Autorin, wie aufregend!" Mit gespielt beeindruckter Miene setzte er sich. "Da haben Sie ja jede Menge Lokalkolorit hier und die Leute erzählen sich so manches."

"Ich weiß nicht, WAS WER so über mich erzählt, aber ja, ich bin Schriftstellerin. Übrigens vergaß ich ganz zu erwähnen, dass die Beatles ihren Song 'Dear Prudence' meinetwegen komponierten."

"Wirklich? So alt hätte ich Sie echt nicht geschätzt." An Jahren gab er ihr höchstens 50, obwohl es auch mehr hätten sein können, hätte ein Beauty-Doktor an ihr sein Werk zur Blüte gebracht.

Ihre Mimik verzog sich etwas, man sollte eine Dame niemals mit dem Wort 'alt' konfrontieren. "Ich war ja damals noch ein kleines Baby. Man munkelte, dass Sir Paul McCartney mein Vater gewesen wäre."

"AHA... Unerhört, was manche Leute da zusammenlügen", empörte sich Jonas. "Was schreiben Sie denn so, Mrs. Proudwell?"

"Ich bin in allen literarischen Genres zu Hause", behauptete sie, die ein gerüttelt Maß an Arroganz ausstrahlte. Ihr kupferrot gefärbter Pagenkopf glänzte wie lackiert. "Ich begann als Ghostwriter und schrieb schon eigene Lebenshilfebücher, Liebesromane, Kurzgeschichten sowie auch Kriminalromane. Und heute erscheint mir manchmal sogar die großartige

Agatha Christie, um mich zu meinen Krimis zu inspirieren."

Jonas wollte schon sagen: Ihnen erscheint sie auch? Doch er konnte sich zurückhalten. "Was Sie nicht sprechen, wirklich sehr interessant."

"Oh ja, das ist es durchaus. Mein Leben ist einer beschwingten Achterbahnfahrt sehr ähnlich. Aufregend und stets stimulierend!"

Stillschweigend nahm er sich vor, Agatha bei ihrem nächsten Erscheinen danach zu fragen. Beide bestellten sich ein Bier bei der vollbusigen Kellnerin und prosteten sich mit den Krügen zu.

"Da fällt mir Kafka ein, der meinte, das Leben ist eine fortwährende Ablenkung. Und ich frage mich nur, wovon!", sagte sie.

"Ach dieser Kafka war nur ein Langweiler, der seine Umwelt mit seinen Albträumen literarisch belästigte. Damals konnte er damit noch punkten, heutzutage sind die Menschen solche Egoisten, dass sie auf den Ego-Trip eines anderen gar nicht mehr eingehen."

"Ich sehe das anders: die Leute sind nicht egoistischer, sondern einfach individualisierter geworden!"

"Ja, es gibt ja zahlreiche Verschwörungstherorien. Was halten Sie davon, Mrs. Proudwell?"

"Sich besser dünkend und besser wissend zurückzulehnen, und kopfschüttelnd dem unsinnigen Treiben dieser ganzen Verschwörungsaktivisten und ihren Mitläufern zuzusehen, ist unterlassene Hilfeleistung für die Demokratie."

"Das haben Sie jetzt schön formuliert! Naja, als Autorin können Sie eben gut mit Worten jonglieren. Wie fanden Sie übrigens ihren Kollegen Hemmingway?"

"Der hatte etwas von einem One-Trick-Pony: Hat ewig denselben Trick immer wieder in neuen Nuancen aufgeführt. Sein Sieger ging stets leer aus."

"Ja, Mickey Spillane lässt seinen Macho Mike Hammer in einem Roman sagen: Wer ist eigentlich dieser Hemmingway? Die Antwort lautete: Einer, der immer das gleiche schreibt, so lange bis alle sagen, es ist gut!"

"HAHAHAAA!" Ihr Lachen klang tief und ehrlich. Scheinbar war sie derselben Meinung wie Mickey Spillane. "Wirklich, so habe ich mich nicht mehr amüsiert, seit ich meinen Anwalt in den Wahnsinn getrieben habe."

"Oho, darf ich fragen, wie Ihnen ein derartiges Kunststück gelang?"

"Ganz einfach, ich löcherte ihn mit Fragen zum Copyright. Denn es gibt da einige schwammige Stellen im Gesetz. Man darf einerseits die literarischen Figuren oder deren Schöpfer nicht in sein Werk aufnehmen, wenn die Autoren noch nicht 60 Jahre unter der Erde liegen, andererseits gibt es Hintertüren, beispielsweise, wenn man eine Satire schreibt, oder auch, wenn es sich bei den Autoren um öffentliche Personen handelt."

"Ganz schön knifflig...", überlegte er, dabei fiel ihm wieder ein, wie Burgess von seiner Tochter Kathleen sprach. Sie kannte das Opfer und kam damit auch als potentielle Täterin auf seine Verdächtigenliste.

"Nanu, Sie wirken auf einmal so abwesend, Mr. Jericho."

"Mir ist eben eingefallen, dass ich noch einiges an Recherche vor mir habe." Mit gespieltem Bedauern stand er von seinem Platz auf. "Ich bin mir ganz sicher, dass wir beiden uns nochmals begegnen, Mr. Proudwell!"

"Das sollte mich sehr freuen, weil wir so lustig miteinander plaudern können!"

"Ganz meine Meinung, es ist immer eine Freude, eine so intelligente, eloquente Dame zu treffen", startete er eine Charmeoffensive.

Das zeitigte Erfolg, sie sagte großmütig: "Die Rechnung geht auf mich, Mr. Jericho. Bis Bald!"

Auf der Straße zog er sein Smartphone hervor und gab auf Google den Namen Kathleen Burgess ein. Puh, er fand nicht weniger als 200 Profile dieses Namens auf Linkedin. Das wird eine lange Nacht, sagte er sich, fest entschlossen, die richtige Kathleen zu finden.

Wider erwarten konnte Jonas seine Suche auf Linkedin mit der Ortsangabe 'England' hinter dem Namen auf nur sieben Treffer eingrenzen. Die letzte Dame auf dieser kurzen Liste war eine Kathleen Harper-Burgess, wohnhaft in Stoke-on-Stove. Sie war verehelichte Mrs. Harper und, wie er ihrem Profil entnahm, zur Witwe geworden. Sehr aktiv schien sie auf dieser Plattform nicht zu sein, denn es fehlte ein Profilfoto und es schien nur ein Kontakt auf. Was hatte er schon zu verlieren, wenn er ihr eine kurze Nachricht per Mail zukommen ließ?

Sehr geehrte Mrs. Harper, ich bin ein österreichischer Klient Ihres Vaters und würde mich als Journalist sehr freuen, wenn ich Sie zwecks Vergrößerung meines Bekanntenkreises hierorts zu einem Treffen in einem Restaurant Ihrer Wahl einladen dürfte. Beste Grüße, Jonas Jericho aus Wien

So, sagte er sich mit einem Anflug von Übermut, die Anwaltstochter werde ich mit meinem Charme überwältigen.

21. Kapitel: **Nächtliches Inferno**

Inmitten der Traumphase schreckte Jonas lautes Krachen aus dem Schlaf, denn ein Ziegelstein flog durch das berstende Hotelzimmerfenster und verfehlte knapp sein Bett. Die einzelnen Scherben leuchteten im Mondlicht wie verstreute Diamanten. Wie vom Blitz getroffen setzte er sich ruckartig auf und sah noch verschlafenen Blickes eine brennende Fackel in sein

Zimmer fliegen. Die billigen Vorhänge fingen sofort Feuer, brannten lichterloh und entzündeten beim Herunterfallen den Teppich. Eine Sirene ertönte schrill, sodass einem atonales Getöse durch Mark und Bein drang und den menschlichen Fluchtimpuls aktivierte.

Mit einem Satz sprang Jonas aus dem Bett, schaffte es gerade noch, sich sein Sakko über den Pyjama zu ziehen und in seine bequemen Lederslippers zu schlüpfen, ehe er auch schon die Flucht ergriff. Auf dem Flur wäre er beinahe mit einem der frechen Kinder zusammengestoßen. Der Junge mit den abstehenden Ohren hatte nur seinen mit Disneyfiguren bedruckten Schlafanzug an und rannte barfuß, einen Teddybären eng an sich gedrückt, vor Jonas her. Sein Tempo nahm stetig zu, sodass ihn Jonas bald aus den Augen verlor, aber Angst verlieh bekanntlich Flügel. Nur er selbst fühlte sich wie in Zeitlupe, fast gelähmt konnte er kaum einen Fuß vor den andern setzen, fürchtete auch über die Treppe hinunterzustürzen und dann hilflos dem Brand ausgeliefert zu sein.

Draußen vor dem Hotel angekommen wartete der nächste Schock auf ihn, denn es herrschte gähnende Leere, wo er doch die anderen Geflüchteten vermutet hatte. Waren bereits alle aus der Gefahrenzone geströmten Gäste und Angestellten abgeholt worden? In der Ferne erspähte er zwei rote Rücklichter eines sich rasant von ihm fortbewegenden Fahrzeuges. Ratlos stand er eine Weile herum, beobachtete fasziniert, wie das Feuer sich durch seine Unterkunft fraß und dabei auch das Dach erreichte. Trotz seiner Angst fand er den

Anblick der züngelnden Flammen von abstoßender Schönheit, ähnlich einer exotischen Giftschlange, die ihn zu hypnotisieren versuchte. Als das Dach laut ächzend in sich zusammenkrachte, sprühten Funken in die Schwärze der Nacht, erinnerten ihn an die Sternspritzer am Weihnachtsbaum.

Von der örtlichen Feuerwehr keine Spur, in ihm kroch wieder die Furcht vor dem Verbrennen hoch und er ergriff erneut die Flucht, rannte so schnell er konnte Richtung Wald.

Als er sich umdrehte, hatte das Feuer scheinbar die Garage errreicht, denn es folgten einige Explosionen - wohl von den vollen Benzintanks der Autos. Außer Atem schritt er nun weiter in den kleinen Wald hinein. Ein weißer Hase hoppelte an ihm vorbei, dicht gefolgt von einem Fuchs, dessen bauschiger Schweif die begehrte Trophäe bei den englischen Fuchsjagden bildete, was die Tierschützer immer wieder zu Protesten anregte. Der Ruf eines Käuzchens zerriss die Stille. Auf Jonas Körper bildete sich eine Gänsehaut. Allein im fremden Land, von Feuer verfolgt und von den Rettungskräften offenbar vergessen. Keine Wolke trübte den Nachthimmel, vom Firmament blinkten ihm die Sterne des Orion-Gürtels wenig tröstlich zu.

Der Wald schien größer zu sein, als ihn Jonas bei Tageslicht in Erinnerung hatte. Schier endlos erstreckten sich die Laubbäume seitlich des Feldweges zum Horizont, wo der Mond wie eine überdimensionale Taschenlampe die Horrorszene beleuchtete. Laubbäume, deren dunkelgrüne Blätterpracht sich ganz leicht entzünden konnte. Nun bereute er die Richtung, die er im Schock eingeschlagen hatte, wollte schon umkehren, da hörte er eine donnernde Stimme nach ihm schreien.

"MISTER JERICHO!!!"

"Ja, wer ist da?" Jonas war froh, nicht mehr allein zu sein.

Aus dem Schatten der Bäume löste sich eine Gestalt und kam langsam näher - es war jemand, den er kannte.

"Mr. Pringles! Was machen Sie denn um diese Zeit im Wald?"

"Eine sehr dumme Frage!", stellte Pringles hämisch fest und blieb zwei Meter vor ihm stehen.

"Waren SIE das, der mir die Fackel ins Zimmer warf?"

"Nein, ER!" Dabei deutete er hinter sich, wo eine weitere dunkle Gestalt auftauchte und sich näherte - es handelte sich um Hawkeye.

"Sie haben etwas, das uns gehört!", verkündete dieser, der erstaunlich fit erschien und so gar nicht mehr den Eindruck eines gebrochenen Alkoholikers machte.

"Etwas, das Sie aus dem Haus von GPS gestohlen haben!", präzisierte Pringles.

"ICH? Ach, Sie meinen das Buch, ja?" Schnell holte er aus der Sakkoinnentasche und warf es Pringles zu.

Mit einer Hand fing es dieser auf und betrachtete das kleine schwarze Büchlein. "Der Blödmann bildet sich tatsächlich ein, dass wir Interesse an GPS' Vögelverzeichnis haben." Verächtlich warf er es in hohem Bogen weg.

"Ein jämmerlicher Journalist!", kommentierte Hawkeye, der beide Hände in seine Hosentaschen steckte. "Gib uns, was uns gehört, du lächerlicher Clown! Oder wir werden unangenehm."

"Was wollen Sie denn von mir? Ich habe nur das kleine Büchlein hinter einem Bilderrahmen gefunden und mitgenommen."

"Und eine wertvolle Uhr!", teilte ihm Pringles mit erhobenem Zeigefinger mit. "Her damit!"

"NEIN, ich habe doch keine der Uhren gestohlen! Ich bin doch kein Dieb, das Buch hab ich nur mitgenommen, weil ich Hinweise auf den Täter erhoffte."

"Hör zu, denn ich sag das nur einmal", eröffnete ihm Hawkeye. "Wir sind nicht Hawkeye und Pringles, wir sind die Hölle und der Peiniger. Wenn du uns unser Eigentum weiter vorenthältst, dann wirst du unsagbare Schmerzen erdulden müssen."

"Dann geht es dir so wie dem dort!" Mit einem ausgestreckten Arm zeigte Pringles zur Seite, wo unter einem Strauch die Teile eines Skeletts hervorragten. Offenbar das Becken und ein Oberschenkelknochen. Bleich vom Mond beschienen.

"Seid doch vernünftig, selbst, wenn ich die Uhr hätte, dann wäre sie im Hotelzimmer ein Raub der Flammen", erklärte Jonas, der in Panik geriet.

"Das Buch hast du doch auch mitnehmen können!" Mit zugekniffenen Augen machte Pringles einen Schritt auf ihn zu.

"Das Buch hatte ich in meinem Sakko, daran habe ich doch gar nicht gedacht in meiner Angst vor dem Feuer.

"Hast du gehört, Hawky? Der Jammerlappen fürchtet sich vor Feuer!", höhnte Pringles mit hörbarem Vergnügen.

Hawkeye nickte und holte ein Feuerzeug aus einer seiner Hosentaschen, das er klickend in Betrieb nahm. Aus der anderen Hosentasche entnahm er ein Stück Papier, das er nun anzündete. Die Szene hatte etwas Feierliches an sich.

"Bald brennt der Wald lichterloh und du verbrennst wie eine Hexe auf dem Scheiterhaufen, hähähä!" Pringles erlitt einen regelrechten Lachkrampf.

"Seid ihr wahnsinnig?! Dann verbrennt ihr doch auch!", rief ihnen Jonas entsetzt zu.

"Och", meinte Hawkeye teuflisch grinsend, "das glaub ich weniger, denn wir sind feuerfest!"

Beide lachten sich halb tot, während Jonas mit schlotternden Knien vor ihnen stand.

"Also gut, ich geb euch die Uhr, ich hab sie in der Nähe des Hotels vergraben", log er ihn höchster Not, hoffend, dass sie ihm Glauben schenkten und von ihrer irrsinnigen Absicht, den Wald in Brand zu stecken, Abstand nahmen.

"Auf einmal? Willst du uns verarschen?" Hawkeye schien einen Anfall von Delirium Tremens zu erleiden, denn seine Augen wurden wässrig und seine Hände zittrig, dennoch schaffte er es, das Blatt Papier in der einen Hand erstaunlich schnell zu schwenken, ohne dass es erlosch.

"Ich zähle bis zehn!", kündigte Pringles an. "Wenn ich bis neun die Uhr nicht habe, dann brennst du samt dem Wald wie Zunder! EINS"

"Seid doch vernünftig!", appellierte Jonas mit steigender Verzweiflung an die beiden finsteren Gesellen.

Hawkeye ergriff einen am Boden liegenden Ast und zündete ihn mit dem Papier als Fidibus an.

"ZWEI!"

"Bitte nicht, ich habe die Uhr nicht bei mir!", flehte Jonas und faltete die Hände zum Gebet.

"DREI!"

"Zündet den schönen Wald nicht an, denkt doch an die unschuldigen Tiere darin!"

"VIER!"

"Bitte, ich äh- geb euch Geld!"

"FÜNF!"

"Oh, da hinten kommt endlich die Feuerwehr!", rief Jonas erfreuten Gesichtes und zeigte hinter die beiden.

Sein Ablenkmanöver wirkte, beide drehten sich um, sodass Jonas die Flucht ergreifen konnte. Wie ein gehetztes Wild stob er zwischen den mächtigen Stämmen der Laubbäume davon, in leicht abschüssiges Gelände, sprang über einige niedere Büsche, stolperte und stürzte. Seitlich kollerte er immer weiter abwärts, versuchte verzweifelt mit den Händen Halt zu finden. Die beiden finsteren Gesellen hatten ihre Drohung wahrgemacht und den Wald angezündet. Eine richtige Feuerwalze kam von oben auf den armen Jonas zu. Der Rauch verdunkelte den Mond, Äste knackten, brennende Blätter lösten sich von den Baumkronen und tanzten wie kleine Feuerteufelchen vor seinen Augen herum. Knisternd kam die lodernde Gefahr immer näher. Das Letzte, was Jonas hörte, war sein eigenes Geschrei!

22. Kapitel: **Rendezvous in der Teestube**

Nach diesem intensiven Erlebnis vermeinte er noch immer stechenden Brandgeruch in der Nase zu spüren, als er erschöpft in seinem Bett erwachte, und rief sich einen seiner Alltime-Lieblingssongs ins Gedächtnis, um diesen gespenstischen Albtraum schnellstmöglich loszuwerden.

"No stop signs, speed limit, nobody's gonna slow me down! Hey mama, look at me, I'm on my way to the promised land! WHOO! I'm on the highway to hell!", sang er vor sich hin, sprang aus dem Bett und krallte sich mit einer Hand einen seiner Fußknöchel, um begeistert Luftgitarre zu spielen, und es klappte: Die erlebten Schrecken verblassten und er schaffte mit einem Blick auf sein Smartphone weitere Ablenkung zu erzielen.

Welch ein Wunder - schon konnte er die Bestätigung für das gewünschte Treffen, das er am Vortag erbeten hatte, lesen:

Hallo Mr. Jericho, ich nehme meinen Tee gerne in der Teestube Mountbatton ein. Als Erkennungszeichen lege ich eine gelbe Rose auf meinen Tisch. Wäre Ihnen heute um 15 Uhr recht?

Feurig, oder besser ausgedrückt, freudig bestätigte er das Treffen und begab sich vormittags zum Friseur nahe seines Hotels, wo er sich noch ausgehfein machen ließ. Ein guter Haarschnitt samt professioneller Rasur ließen einen normalen Mann gleich zu einem achtbaren Herrn werden. Den Rest des Tages führte er noch seinen restlichen Mailverkehr auf seinem Smartphone durch, telefonierte außerdem mit seiner Redaktionskollegin bei der Kleinen Zeitung in Wien, um die internen Neuigkeiten zu erfahren und mit seiner Oma, die ihm dringend eine Prostatauntersuchung empfahl.

Dann nutzte er die freie Zeit unter freiem Himmel und vertrat sich auf einem langen Spaziergang rund um sein Hotel die Beine, ehe er sich für sein Rendezvous in feine Sachen umkleidete. Sein weißer Leinenanzug mit der roten Satinkrawatte erschien ihm festlich genug.

Kathleen Harper machte auf Jonas so ganz und gar nicht den Eindruck einer reich aufgewachsenen Anwaltstochter. Obwohl, was wusste er schon über die Angehörigen der Upperclass in England. Nur die üblichen Klischees aus den zahlreichen Filmen, die er bereits seit seiner Kindheit gesehen hatte. In Krimis sahen solche Damen stets sehr exklusiv und teuer gekleidet aus. So, als hätten sie den ganzen Tag nichts anderes zu tun, als ihre diversen Termine bei Friseur, Designershop und Nagelstudio zu koordinieren.

Verlegen saßen sie einander bei einer Kanne Earl Grey mit zwei Teetassen gegenüber, sie sah in ihrem orangen Kleid mit den Puffärmel aus wie die Gewinnerin eines Back-Wettbewerbs, wobei sie noch den Duft von Vanille verströmte. Selbstvergessen spielte sie mit ihren Haaren, formte eine hellbraune Strähne zu einer Locke, ließ sie dann wieder los, leckte sich über die Lippen und wartete nach der Begrüßung darauf, dass er ein Gespräch begann.

"Danke, dass Sie sich Zeit für mich nehmen, ich bin leider nur während meines Urlaubes hier, doch trage mich mit dem Gedanken einer Übersiedlung", schwindelte er, um ihre Zunge zu lockern. "Dazu fehlt mir nur ein passender Job in einem Zeitungsverlag und Anschluss an die Gesellschaft."

"Das mit dem Job ist schwierig nach dem Brexit! Außerdem ist der Konkurrenzkampf von Reportern vor allem in der Yellow Press sehr hart. Doch bei Ihrer sympathischen Erscheinung finden Sie leicht gesellschaftlichen Anschluss!" Ihre Stimme klang angenehm und einnehmend, so als arbeite sie in einem Call-Center, wo sie stets die geforderte Quote an Verkäufen erfüllte.

"Ja, das sagen Sie so leicht", seufzte er. "Immerhin muss ich faktisch bei Null anfangen."

"Was war denn als Reporter Ihre gefährlichste Situation?"

"Das war wohl die Begegnung mit einem Möchtegern-Bandenchef. Eine Gaspistole aus nächster Nähe abgefeuert kann durchaus ein Hemd in Brand setzen. Zum Glück verfüge ich über schnelle Reflexe und konnte es mir rechtzeitig vom Leib reißen!", schwadronierte er.

"Huch, welche ein heroischer Einsatz für einen simplen Informationsgewinn", stellte sie bewundernden Blickes fest. Ihre feingliedrigen Finger, mit einigen goldenen Ringen geschmückt, irrten nervös über ihre Wangen.

"Tja, man tut eben was man kann", spielte Jonas seine eigene aufgebauschte Heldentat etwas herunter.

"Wichtig ist, nicht sein ganzes Glück weit vor dem Lebensende schon zu verbrauchen", stellte sie fest, nippte an ihrer Teetasse und tupfte sich dann den Mund ab. "Man kann das Glück schwer berechnen."

"Die ganze Mathematik ist nur erfunden worden, um Pyramiden zu bauen", scherzte er, der sich von ihrem unterkühlten Charme angezogen fühlte.

Ihr Schmunzeln ließ sie kurz wieder hinter einer bunt gepunkteten Serviette verschwinden. "Ihre Bonmots kommen sicher gut in Gesellschaft neuer Bekannter an. Damit lockern sie sicher auch ihre Artikel auf, um die Leser bei Laune zu halten."

"Ich las auf Linkedin, Sie sind Witwe. Haben Sie auch ein Kind?", fragte er, da ihm passende keine Replik einfiel.

"Wäre das eine Bedingung oder ein Problem?"

Typisch Frau, dachte er, beantwortet eine Frage mit einer Gegenfrage. "Weder noch, nur eine Information."

"Richtig, Sie sind ja Journalist, da ist Fragen Ihr Geschäft. Nun ja, ich habe eine Tochter namens Pauline. Leider verkraftete sie den Tod ihres Vaters nicht und litt unter Zwangshandlungen."

"Zwangshandlungen?", wiederholte er unwissend.

"Sie fühlte sich gezwungen, gewisse sinnlose Handlungen immer wieder auszuführen. Beispielsweise, sich die sauberen Hände überflüssigerweise minutenlang zu waschen."

"In Zeiten von Corona keine so sinnlose Handlung."

"Ach, diese Seuche wurde doch nur kreiert, um nach der Ein-Kind-Politik in China, die einen Männerüberschuss produzierte, einfach wieder das Gleichgewicht herzustellen", stellte sie mit apodiktischer Sicherheit fest. "Und nun, da es schon Nähroboter gibt und bald 300 Millionen Frauen in Asien arbeitslos werden, was wird wohl als nächste Seuche kommen? Carina, die hauptsächlich Frauen befallen wird."

Oje, dachte er, eine Verschwörungstheoretikerin. "Hm, so habe ich das noch gar nicht gesehen. Und geht es Ihrer armen Tochter Pauline jetzt besser?" Er erwartete, gleich ein Foto von ihr präsentiert zu bekommen.

"Pah, ich schickte sie für eine Therapiestunde zu einem Psychologen, dem sie erzählte, was er hören wollte, oder vielmehr, was sie glaubte, dass er oder ich hören wollte, und so riet er mir zu einer längeren Therapie für ihr Wohlergehen."

"Allerdings nur wegen des Geldes", ahnte Jonas.

"Das ist es! Er wollte einfach nur verdienen und machte sie in zahlreichen Stunden mit ihm noch neurotischer als sie vorher war. Das führte uns zu einem Psychiater und ... oh Gott!" Angewidert verdrehte sie die Augen, ehe sie wieder an ihrer Teetasse nippte.

"Ich wette, der schlug eine Familienaufstellung vor."

"Wette gewonnen. Total sinnlos."

"Damit ist er wohl an einem Medizinnobelpreis so knapp vorbeigeschrammt wie Donald Trump, als dieser vorschlug Coronakranken Desinfektionsmittel zu spritzen!"

"Wieder gewonnen! Ich bin mit meiner Weisheit am Ende!"

"Das tut mit leid zu hören. Kann ich irgendwie helfen?"

"Wenn Sie kein Diplom in Psychologie haben, eher weniger."

"Dann lehnen Sie sich einfach an meine stählerne Journalisten-Brust!"

"Haha", sie lachte so herzlich und doch nur ganz kurz, so als müsste sie sich zurückhalten, da sie ja vorhin noch von ihrer Tochter sprach, deren Zustand sich nicht gebessert hatte. "Jetzt bin ich mit fragen dran: Wie begann Ihre Karriere als Journalist?"

"Mit jugendlichem Leichtsinn! Ich sah einen Film mit Dustin Hoffman über die Watergate-Affäre und war mit dem News-Virus infiziert." Er nahm einen Schluck aus seiner Teetasse, obwohl deren Inhalt während des Dialoges inzwischen kalt geworden war. "Tee trinken heißt, den Lärm der Welt vergessen."

"Weise Worte. Man merkt, dass Sie journalistisches Geschick haben. Einen Artikel oder ein Gespräch kann man leicht mit einem Zitat auflockern, oder damit von etwas Unangenehmen ablenken!"

Mit erhobenen Augenbrauen erkundigte er sich: "Ach, Sie denken, dass mir während meiner Reportertätigkeit auch viel unangenehm gewesen ist?"

Nickend bestätigte sie seinen Verdacht: "Ich könnte mir denken, dass Sie schon sehr schwierige Reportagen hinter sich gebracht haben."

"Völlig richtig, vor allem in meiner Zeit als Polizeireporter. Wie ich erfuhr, ist hier ja auch kürzlich ein Mord geschehen. Wissen Sie etwas darüber?"

"NEIN", sagte sie schnell. "Nur, was in den Zeitungen stand. Ich habe wahrlich zuviel an Aufgaben als Mutter zu erledigen."

"Verstehe, aber Sie können immerhin auf Ihren reizenden Herrn Vater zählen."

"NEIN, das kann ich nicht, denn er war mit meiner Partnerwahl nicht einverstanden, kam nicht einmal zu unserer Hochzeit." Vor Empörung röteten sich ihre Wangen leicht.

"Oh, da-das tut mir leid", stammelte er, denn nichts fand er schlimmer als bei einer privaten Konversation auf ein heikles Thema, wie eine Familienfehde gestoßen zu sein. "Ääh- kannten Sie den Ermordeten?"

"Wer nicht? Er war...." Nun richtete sie den Blick nach unten, schien die passenden Worte auf ihrem Schoß zu suchen. "...eine Naturgewalt. Biederte sich jedem Einwohner im Ort an. Und ja, auch mir. Doch ich ließ keinen Zweifel bei ihm aufkommen, es wäre besser, seinen Charme anderweitig zu investieren."

"Hat ihn das nicht erst recht auf Ihre Fährte gelockt? In jedem Mann steckt schließlich auch ein Jäger", wusste Jonas schon aus eigener, teils leidvoller Erfahrung.

"Das haben Sie jetzt verbal schön verpackt. Man merkt, wie Sie eloquent schon an Ihrem nächsten Artikel feilen."

"Ich bin auf Urlaub, dennoch hat dieser Fall etwas, das mich fesselt."

"Mr. Jericho, ich habe mich nie mit einem Blender eingelassen, schon gar nicht mit einem sehr reichen Blender, denn diese Leute brauchen unentwegt neue Reize. Auch Mr. Simmons gehörte zu diesem speziellen Typus, welcher immer auf der Suche nach Abenteuern und Ablenkung von seiner schnell aufkommenden Langeweile war."

"Touché, auch Sie sind eine Meisterin der Eloquenz, wenn ich das sagen darf."

Erneut lachte sie. Das Lachen stand ihr ausgezeichnet, es machte ihr Züge noch weicher und entblößte blendend weiße Zähne, die er als Keramik-Veneers einschätzte, da sie sehr gleichmäßig waren.

"Aber eigentlich, wenn ich das sagen darf, gehören Sie als Anwaltstochter doch auch zu den Reichen, nicht wahr?"

"Nicht mehr. Mein Vater hat sich von mir abgewandt, als ich meinen Mann heiratete, denn er war absolut nicht mit Jeffrey einverstanden. Dieser entstammte nämlich einer Familie der Arbeiterklasse."

"Oh, hat Ihr Herr Papa Standesdünkel?"

"Tja, da ist er nicht der Einzige, doch ich hielt eisern zu meinem Mann. Hin und wieder ließ mein Vater eine Geldüberweisung für Pauline zu mir fließen, das war's auch schon."

"Na, zum Glück sind Sie ja eine moderne Frau, die sich ihren Lebensunterhalt auch selbst verdienen kann", schätzte Jonas und zwinkerte ihr aufmunternd zu.

"Das mache ich auch gerne, denn es ist nicht in meiner Persönlichkeit verankert, mich von anderen aushalten zu lassen, weder von meinem Vater, noch von meinen Lebenspartnern." Dabei warf sie ihm einen regelrechten Schlafzimmerblick zu.

Nun fühlte er sich in der Pflicht, sie zu umwerben, was ihm wegen des Verdachtes gegen sie so überhaupt nicht gefiel. Wie kann ich aus der Situation nur herauskommen, fragte er sich.

"Und diese Werte geben Sie sicher auch an Pauline weiter. Wo befindet sie sich denn gerade? In der Obhut eines Aupairs?"

"Nein, im Internat."

"Oh, hat sie denn momentan keine Sommerferien?"

"Doch. Es gibt aber die Möglichkeit, begabte Kinder über den Sommer im Internat speziell zu fördern", erklärte sie stolz.

"Verstehe, als gute Mutter verzichtet man da natürlich auf die schöne gemeinsame Zeit zu zweit."

"Ich möchte vor allem gewährleisten, dass mein Kind bald wieder eine Zeit zu dritt erleben kann."

Da haben wir's, fiel Jonas ein neuer Anlauf zum Flirt auf, die geht gleich ran, um bald einen neuen Ehegespons zu gewinnen.

"Als Journalist ist man da sehr im Nachteil, denn man ist oft auf Reisen um zu recherchieren", erläuterte er.

"Mein verstorbener Mann Jeffrey war als Monteur auch viel unterwegs und ich wartete immer treu auf ihn, bis er heimkam." Ein kleiner Seufzer begleitete die nachfolgende Stille.

Na, da muss es dann wohl rund gegangen sein, dachte Jonas klammheimlich, verzwickte sich ein schmutziges Grinsen und redete schließlich weiter: "Meine Ex-Verlobte hatte leider keine so engelhafte Geduld wie Sie und schmiss mich aus ihrer Wohnung!"

Ehe sie noch darauf antworten konnte, kam die Serviererin der Teestube und erkundigte sich, ob man noch eine weitere Kanne Tee wünsche.

"Nein, ich nicht", wehrte Kathleen Harper ab und sah zu Jonas.

"Ich übernehme die Rechnung!" Nachdem er diese beglichen hatte, erkundigte er sich noch: "Ich hoffe, ich darf Sie wieder einmal einladen, Mrs. Harper, vielleicht zum Essen?"

"Aber gerne", hauchte sie vielversprechend und schob ihm ihre Visitenkarte über den Tisch. Sie erinnerte frappant an jene ihres Vaters, er überflog die goldene Schrift 'Kathleen Harper - Florence-Street 28 - Stoke-on-Stove' und steckte sie hastig ein.

23. Kapitel: **Der große Unbekannte**

Bevor er sein Hotel aufsuchte, absolvierte er noch einen Besuch in der Parfümerie, in welcher Miss Tipsitt gearbeitet hatte. Die Chefin persönlich nahm seine Beileidsbekundung entgegen, nachdem er sich ihr vorgestellt hatte. Eine ausgesprochen liebenswerte grauhaarige Dame, die ihn an seine Oma erinnerte. Auch sie hatte etwas Oberlehrerhaftes an sich.

"Es tut mir wirklich sehr leid um Ihre tüchtige Angestellte", versicherte er ihr glaubhaft. "Mrs. äh-?"

"Slayton!"

"Mrs. Slayton, nichts wünsche ich mehr als Irenes Mörder zu finden. Leider hält die Polizei nicht viel von meinem Hilfsangebot."

"Jaja, dieser markige Inspektor war schon bei mir und löcherte mich mit unsinnigen Fragen, anstatt mir die richtigen zu stellen."

"Welche wären denn Ihrer Ansicht nach die richtigen Fragen gewesen?"

"Mit wem Irene ein Verhältnis hatte."

"Und mit wem hatte sie ein Verhältnis, wenn ich fragen darf?"

"Genau weiß ich es nicht, aber es hat sie manchmal so ein großer schlaksiger Typ abgeholt. Sah aus wie ein trainierter Basketballspieler und war angezogen wie ein Bürohengst aus dem vorigen Jahrhundert."

"Eine erschöpfende Auskunft. Damit lässt sich etwas anfangen. Vielen Dank, Mylady." Sprachs und verließ die Parfümerie.

Krampfhaft überlegte er, wer dieser Mann sein konnte, als ihm ein Foto in den Sinn kam, das er im feudalen Haus von GPS gesehen hatte: das Foto des Oldtimers mit dem Chauffeur, auf welchen die Beschreibung der Dame passte. Das könnte der Handlanger sein, von dem der Gärtner sprach, den hatte GPS ihr wohl samt Limousine geschickt, um sie anzulocken seine Geliebte zu werden... Der große Unbekannte muss gefunden werden, aber wie? Ha, in der hiesigen Autowerkstatt könnte ich fündig werden, denn wer eine Limousine, noch dazu einen reparaturanfälligen

Oldtimer chauffierte, musste doch in einer Werkstatt namentlich bekannt sein.

Ein kurzer Anruf bei der Auskunft führte ihn zu einer Werkstatt, die auf Oldtimer - also Vintage Cars spezialisiert war. Dort werkte eben ein älterer Mann in einem blauen ölverschmierten Overall an einem Jaguar XK 150 OTS aus dem Jahre 1959. Bei Jonas lautem Gruß hob er den Kopf unter der Motorhaube hervor und nickte ihm wohlwollen zu.

"Ich komme, um einen alten Brieffreund zu besuchen, dessen neue Adresse ich leider verloren habe. Er arbeitete als Chauffeur für Mr. Gene Patrick Simmons, Sie kennen ihn sicher?"

"Klar kenn ich den", erwiderte ihm der Mechaniker, während er sich die Hände an einem schmutzigen Tuch abwischte. "Wenn Sie Wilfred McQueen meinen."

"Genau den, wo finde ich ihn?"

"Schwer zu sagen. Nach dem Tod seines Arbeitgebers zog er sich in seine Heimat Kildare in Irland zurück."

"Das ist ewig schade. Haben Sie seine Telefonnummer?"

"Nein, der hatte nur ein Dienst-Handy, das nach dem Tod seines Chefs für ihn nutzlos wurde. Er will nur noch seine Ruhe haben, nachdem er seine lukrative Stellung verlor. Sie können ihm ja einen Brief an seine alte

Adresse schreiben, die Post hat sicher einen Nachsendeauftrag."

"Gute Idee, vielen Dank!"

Über den Umstand, schon einen Teil des Rätsels gelöst zu haben, hocherfreut, kam er in sein Zimmer, wo bereits seine Geisterfreundin auf ihn wartete.

"Und, mein menschlicher Freund? Wie liefen Ihre Ermittlungen bisher?"

"Was soll ich sagen, Mrs. Christie, die Anwaltstochter - sie hat den hübschen Namen Kathleen - redete wie ein Politiker während des Wahlkampfes."

"Ich verstehe: Immer das Ziel im Auge, mit gestelzten Worten Schönwetter machen und sobald man von ihr gewählt wird, ist man bald tot."

"Ach so, Sie meinen, Kathleen sucht einen neuen Gatten, den sie dann auch ins Jenseits befördern kann?"

"Könnte ich mir vorstellen, wenn die Lebensversicherung hoch genug ist, oder sie sucht einfach nur jemand, den sie ärgern kann, um sich die Langeweile zu vertreiben."

"Könnten Sie nicht einige Worte mit ihrem Witwer, pardon, mit dem verstorbenen Mann der heiratswütigen Witwe wechseln, Mrs. Christie?"

"Ich kann es versuchen, doch ich teilte Ihnen ja schon früher mit, dass nicht alle Geister für Auskünfte zur Verfügung stehen."

"Ja, ich erinnere mich vage. Übrigens, darf ich Sie fragen, ob Sie außer mir noch jemand anderem erscheinen, wie z.B. einer Schriftstellerin namens Prudence Proudwell?"

"Nein, diese Dame ist mir gänzlich unbekannt!"

"Tsiss! Die brüstete sich mit Ihren Besuchen, na, ich dachte mir ja gleich, dass die Frau spinnt!" Entrüstet zog er sein Sakko aus und warf es schwungvoll auf sein Bett.

"Immerhin, ich denke, Sie haben nicht unrecht, wenn Sie eine Frau des Mordes verdächtigen, möglicherweise auch mehrerer Morde..."

"Und welchen Tipp hätten Sie?"

"Ich ergehe mich nicht in Tipps, sondern in Fakten. Welche Fakten haben Sie denn bisher zusammengetragen, Jonas?"

Nun wurde er kleinlaut, setzte sich auf sein Bett, zog sich die Schuhe aus und warf sie in hohem Bogen in Richtung des Kleiderschrankes. "Naja, eigentlich...AH, ich weiß, dass die Fotografin Holly, eine blonde Anhängerin des ermordeten GPS, ihre Filme selbst entwickelt, dadurch hat sie doch Zugang zu giftigen Chemikalien für die Entwicklerflüssigkeit, oder nicht?"

"Ja schon", stimmte ihm Agatha zu, "doch das allein macht sie noch lange nicht auch zur Messermörderin und außerdem wissen Sie doch über die Zusammensetzung des Giftes nichts. Der Inspektor hat Ihnen doch diesbezüglich nichts verraten."

"Nein, der ist stur wie ein Panzer. Außerdem konnte sie doch nicht wissen, dass Irene an ihrem Todestag ausgerechnet unter dem Haus vorbeispaziert. Hm, wenn nun aber....", versuchte er zu kombinieren, kratzte sich dabei nervös am Hinterhaupt.

Agatha, wie schon zu ihrer Lebzeit schnell im Denken, setzte für ihn fort: "Wenn sie sich von der armen Irene Tipsitt am Tag der Tat mit Parfüm beliefern ließ, dann geriete sie schon eher in den Kreis der Hauptverdächtigen."

"Genau das wollte ich sagen", gestand er ihr erfreut und hüpfte von seinem Bett auf. "Denn dann könnte sie Irene den Gutschein für das Lokal geschenkt haben, das am Ende der Straße liegt, auf deren Weg sie zum Opfer des vergifteten Käfers wurde!"

"Wie ich Sie kenne, wollen Sie jetzt gleich loslaufen, um das zu überprüfen. Wenn Sie meinen Rat wollen, tun Sie das nicht auf Ihren Socken, sondern ziehen Sie sich wieder Ihre Schuhe an!"

Schnell hechtete er vom Bett zu seinen Schuhen, als ihm seine Geisterfreundin einen weiteren Rat vermittelte: "Aber erst morgen! Heute dürfte es dafür schon zu spät sein!"

"Die Zeit habe ich über all der Aufregung ganz vergessen."

"Wir treffen uns dann 1.440 Minuten später."

"Sie meinen morgen um die selbe Zeit?" Merkwürdig, wunderte sich Jonas über so eine Zeitangabe, aber die Engländer sind ja für ihre Spleens berühmt - besonders wenn sie schon tot waren.

Dort, wo er Agatha zuvor noch gesehen hatte, klaffte nur noch ein Riss in der Tapete.

24. Kapitel: **Weißwein und schwarze Katzen**

Die Nacht verlief ruhig, bis ein Anruf Jonas aus dem tiefen Schlummer holte. Verwirrt blickte er auf die Hotelzimmeruhr, welche auf seinem Nachttischchen stand: 1.30 Uhr! Wer konnte das zu nachtschlafener Zeit sein, die Nummer sagte ihm zuerst gar nichts.

"Habe ich Sie geweckt, Mr. Jericho?" Die sonore Stimme des Anwalts klang unheimlich in seinem Ohr.

"Nein, ich-äh las gerade in meinen Memoiren!", scherzte Jonas noch im Halbschlaf. "Was verschafft mir die Ehre Ihres Anrufes, Mr. Burgess?"

"Sie wollten doch wissen, wer im Testament steht?"

"Oh ja, natürlich!" Mit einem Mal hellwach, setzte er sich in seinem Bett auf und rieb sich mit der freien Hand das linke Auge.

"Sie werden lachen, alle Verwandten, Freunde und Ex-Freundinnen von Gene Patrick Simmons gehen leer aus, das gesamte Erbe fließt in eine Stiftung!"

"Nicht möglich! Das sorgt bei einigen sicher für lange Gesichter!"

"Es besteht allerdings die Möglichkeit, dass der Mörder nicht wusste, nicht im Testament vorzukommen."

Dieser Satz vertrieb den letzten Rest von Schläfrigkeit bei Jonas. "Das wird knifflig..."

"Lassen Sie sich darüber keine grauen Haare wachsen", riet ihm Burgess. "Das kostet nur Färbemittel. Gute Nacht!"

So fand er den Rest der Nacht keinen Schlaf mehr und am nächsten Vormittag sich selbst alsbald wieder bei der Chefin von Irene, Mrs. Slayton, ein. Mit erfreuter Miene plus offenen Armen empfing sie ihn.

"Mr. Jericho! Heute ist bei uns Aktionstag. Jeder Kunde erhält ein Glas Weißwein. Darf ich Ihnen eines eingießen?" Schon wollte sie die auf der Theke stehende Weinflasche zur Hand nehmen, um ihm das köstliche Getränk in eines der bereitstehenden Gläser einzuschenken.

"Nein, vielen Dank, ich komme wegen etwas anderem zu Ihnen!"

"Ja, ich weiß! Ihre Bestellung ist bereits eingetroffen!"

"Meine Bestellung?", wiederholte er verwundert.

"Aber ja, Sie wollten doch Russisch Leder bei uns kaufen." Unter der Theke holte sie eine Flasche des After Shaves hervor.

"Ach ja, das habe ich im Zuge der ganzen Aufregungen völlig vergessen. Wieviel schulde ich Ihnen?"

"75 Pfund Sterling!"

Das ist eine stolze Summe, dachte Jonas, doch löhnte sie gerne, um erstens das begehrte After Shave in Empfang nehmen zu dürfen, und zweitens die Bereitschaft der Chefin zur Auskunft zu beanspruchen.

"Mrs. Slayton, hat Ihnen der Inspektor auch die Frage nach der Lieferung von Irene am Tattag gestellt?"

Ihre Augen samt den Krähenfüßchen drumherum vergrößerten sich. "Nein, warum sollte er? Ach, Sie meinen, es könnte zu ihrem Mörder führen?"

"Möglicherweise auch zu ihrer Mörderin."

Sofort holte sie unter der Theke das Lieferbuch hervor und begann wild darin zu blättern. "Da haben wir es ja. An ihrem letzten Lebenstag lieferte sie fleißig wie ein Bienchen eine Packung Vanilla Spiritual Sky an… oh, da steht gar nicht an wen und wohin. Das war ihre Art, sich unentbehrlich zu machen. Wissen Sie, wenn man sie dann fragte, wusste sie es sofort.

In Jonas' Hirn fing es zu rumoren an, wer roch nach Vanille???

„Was überlegen Sie?"

„Wer das Parfüm wohl geordert hat?"

„Da gibt es viele Kundinnen, die diesen Duft bevorzugen!"

„Nicht jede Kundin wird ihn sich leisten können."

„Darüber mache ich mir wirklich keine Gedanken."

„Auf wen tippen Sie?"

„Auf eine Dame von dezenter Eleganz mit unterkühltem Charme!", antwortete Mrs. Slayton.

"AHA!" Begeistert schnippte er mit den Fingern.

"Wer ist Ihnen eingefallen?"

„Mrs. Kathleen Harper!"

"Also ich kann mir beim besten Willen nicht vorstellen, dass so eine honorige Dame wie Mrs. Harper sich irgendeines Deliktes, und sei es noch so klein, schuldig gemacht haben könnte", teilte ihm Mrs. Slayton mit und klappte das Buch schnell wieder zu.

"Ich ja auch nicht", stieß Jonas sogleich in dasselbe Horn. "Aber sie könnte ja auch nur wissen, wer es gewesen sein könnte."

"Das leuchtet mir schon eher ein."

"Darf ich Sie daher bitten, über diese Auskunft mir gegenüber absolutes Stillschweigen zu halten?"

In diesem Augenblick kam die Allround-Schriftstellerin Prudence herein und unterbrach die Spannung: "Hello!"

"Oh, schönen guten Tag, Mrs. Proudwell!", begrüßte Mrs. Slayton die Kundin. Sofort goss sie ein Glas Wein ein und reichte es ihr. "Anläßlich unseres Aktionstages, Prost!"

"Nanu, Mr. Jericho ist auch hier?", wunderte sich diese, nahm dankbar nickend das Glas und nippte daran. "Ah, der schmeckt!"

Kaum wurde er Mrs. Proudwell angesichtig, entfuhr es ihm auch schon: "Sie werden gleich staunen, meine Teure! Mir erschien Agatha Christie ebenfalls! Bei der Gelegenheit fragte ich sie nach Ihnen. Stellen Sie sich vor, die kennt Sie gar nicht!"

"Wollen Sie damit andeuten, ich lüge?" Nun starrte sie ihm warnend ins Gesicht, so als wollte sie gleich mit der Faust hineinschlagen.

Unterschwellig verspürte er Lust, ihr zu sagen: Sie sind nicht nur eine Lügnerin, nein, auch ein Dummkopf! Das unterließ er jedoch und äußerte stattdessen: "Die Frage erübrigt sich, Sie sind eine Träumerin!"

Nun spiegelte ihr Antlitz eine gewisse Erleichterung wider: "Ihr Glück, sonst hätte ich Sie wegen Ehrenbeleidigung verklagt!"

"Sie verbreiten alternative Fakten, mit denen es auch ein gewöhnlicher Geschäftsmann bis zum Präsidenten brachte."

"Bei dem Vergleich soll ich mich wohl geschmeichelt fühlen?"

"Das ist nicht nötig!", wehrte er nonchalant ab.

"Nein", sagte sie und leerte ihm schwungvoll ihr volles Weinglas ins Gesicht. "Das ist die Strafe, weil Sie mich mit dem amerikanischen Popanz verglichen haben, Sie Gefühlsanarchist. - Ich komme später wieder, Mrs. Slayton!" Dann legte sie einen unheimlich dramatisch wirkenden Abgang hin.

Mit einer auf der Theke liegenden Papierserviette trocknete sich Jonas sein Gesicht ab. Sein pikierter Blick sandte imaginäre Pfeile in die Richtung, in welcher sie verschwand.

"Da werden Weiber zu Hyänen", zitierte er aus Schillers Glocke, dann fiel ihm noch ein Zitat ein. "Wenn du zum Weibe gehst, vergiss die Peitsche nicht! - Jetzt verstehe ich den alten Nietsche!"

"Bedaure, aber für meine Kundinnen kann ich ja nichts."

"Nein, dafür können Sie nichts! Ich muss mich leider verabschieden, leben Sie wohl, Mrs. Slayton!"

In einem nahen Park setzte er sich auf eine Bank, nahm ein Desinfektionstüchlein aus seiner Hosentasche und erfrischte sich damit. Der antiseptische Geruch gab ihm gleich wieder sein Selbstvertrauen zurück, welches nach der etwas heimtückischen Weinattacke leichten Schaden erlitten hatte. Eine schwarze Katze auf der Suche nach unvorsichtigen Vögeln hüpfte ihm über den Weg und er fürchtete, sein Pech werde sich womöglich noch vergrößern. Kaum hatte er den Gedanken verworfen, da lief ihm eine bekannte Dame entgegen. Im rosa Jogging-Anzug erkannte er Kathleen Harper.

"Hallo, Miss Kathleen, welch unerwartete Freude, Sie hier zu treffen!"

"Was machen SIE denn hier im Park?" Ihr Erstaunen stand ihr förmlich quer über das gerötete Gesicht geschrieben.

"Als Tourist erkunde ich die schönsten Plätze Ihrer hübschen Stadt. Außerdem kaufte ich mir gerade in der Parfümerie Nachschub an Wohlgeruch." Dabei fiel ihm erst auf, dass er sein After Shave dortgelassen hatte. "Ach, verflixt, jetzt hab ich die Flasche Russisch Leder in dem Shop vergessen!"

"Dasselbe verwendete auch mein verstorbener Mann!", berichtete sie und schlug verschämt die Augen nieder.

"Zufälle gibt es... Darf ich Sie ein Stück begleiten?"

"Gerne!"

Seite an Seite spazierten sie durch den Park, die Vögel sangen ihre Balzlieder, einige Kinder spielten Federball und ein toter Igel lag mitten auf dem Gehweg und trübte die Stimmung. Just zu dem Zeitpunkt, als Kathleen von ihrer Tochter Pauline sprach. Sie sei ein so liebes Mädchen, doch leider manchmal stur und störrisch und sie wisse sich oft nicht zu helfen in der Erziehung, weil eben die starke Hand eines Mannes fehlte, klagte sie.

"Es muss wirklich sehr schwer sein für eine alleinerziehende Mutter", bekannte Jonas. "Sind Sie auf Tinder aktiv?"

"Ich habe so viele unangenehme soziale Interaktionen mit unliebsamen Zeitgenossen hinter mir, dass es mich nicht nach einer Kontaktaufnahme auf diesem Portal drängt!"

"Verstehe! Darf ich Sie auf eine Erfrischung in ein Lokal namens THE JOKER einladen?"

"Oh", tat sie überrascht. "Das hätte ich fast vergessen, aber ich muss mich ja sputen, um in einer Stunde zu einem wichtigen Termin zu kommen. Mit Umziehen, Schminken und so weiter wird es knapp werden. Wir müssen daher unser Date auf ein anderes Mal verschieben."

"Wie schade, aber wenn die Pflicht ruft, muss das Vergnügen zurückstehen! Viel Erfolg!" Nach der Verabschiedung sah er ihr noch nach, überlegte, ob er sie nicht doch verfolgen sollte, doch ließ es bleiben. Denn sie legte beim Joggen ein beachtliches Tempo vor.

25. Kapitel: **Der Militarist**

"Ich bin ja heute zum Essen eingeladen!", fiel Jonas auf, als er im Hotelzimmer in seinen Kalender Einsicht nahm.

"Ja, ich weiß, bei Lady Willow", plapperte es aus einer Ecke, in welcher sich die liebenswerte Agatha materialisierte. "In ihrer Villa spuke ich auch manchmal herum. Aber Achtung, wenn die Frau des Hauses persönlich kocht, denn was dabei herauskommt ist schwer verdaulich!"

"Wirklich?"

"Oh ja, Ihr Magen wird nicht wissen, was los ist", warnte sie mit dem Schalk im Nacken.

"Na, ich denke, so eine feine Lady hat einen Koch in der Küche wie ich daheim einen Mikrowellenherd!", verkündete er ziemlich zuversichtlich und eilte aus seinem Zimmer.

Bei seinem Eintritt in die vornehme Villa bekannte die Lady schon den krankheitsbedingten Ausfall ihrer Köchin. "Leider hat meine Köchin Tilly heute einen ihrer Rheumaanfälle erlitten. Aber, keine Angst, ich koche persönlich."

"Ui-äh- ahaa!" Dabei kam ihm nun die Angst vor einer Magenverstimmung erst zu Bewusstsein. Ihr enges schwarz-weiß-gestreiftes Kleid schien zum Kochen außerdem denkbar ungeeignet.

"Also, entschuldigen Sie mich, ich begebe mich höchstselbst in die Niederungen der Küche, um schnellstmöglich unser aller Nahrungsmittelaufnahme sicherzustellen."

"Ich fiebere dem lukullischen Genuss förmlich entgegen", posaunte Jonas aus, wobei er hoffte, nicht danach erst vom Fieber befallen zu werden.

"Unterhalten Sie sich einstweilen mit meinem anderen Gast, General Warren, ein alter Freund von mir!", schlug sie vor, zeigte ins Hausinnere und entschwand.

Verunsichert begab sich Jonas in den Salon und traf dort einen älteren Herrn in einer schönen Ausgeh-Uniform auf dem dezent geblümten Sofa sitzend an. Auf seiner breiten Heldenbrust baumelten seine erhaltenen Auszeichnungen. Eine Zeile aus einem Wiener Dialektlied kam Jonas in den Sinn: Mich wundert, dass der alte Mann so viele Orden tragen kann...

Mit einer leichten Verbeugung stellte er sich vor: "Meine Hochachtung, Herr General, ich bin Jonas Jericho, von Beruf Journalist."

"Das dachte ich mir gleich."

"Sie verfügen über Präkognition?"

"Ich gehöre ja nicht zu den Menschen, die glauben, den Schöpfungsplan besser als Gott zu kennen, doch maße ich mir ein gerüttelt Wissen an Psychologie an. Ich durchschaue die Menschen sofort!" Dabei ließ er eine Hand wie eine zum Biss nach vorne schnellende Schlange aussehen.

"Dafür beneide ich Sie", gestand ihm Jonas, "denn ich kann leider nicht behaupten, einen Mann schon nach wenigen Worten zu durchschauen, oder hat Ihnen Lady Willow verraten, wer zum Essen kommt?"

"Nein, meinem Beruf entsprechend muss ich schon beim ersten Feindkontakt wissen, mit wem ich es zu tun habe."

"Da hätten Sie doch auch Kriminalkommissar werden können!" Gezwungen lächelnd setzte sich Jonas ihm gegenüber auf einen ebenso geblümten Fauteuil, fixiert von des Generals stechend blauen Augen.

"Mein Berufsfindungsprozess war nach einer Minute erledigt, als mein Vater mir befahl, mich zur Armee zu melden", verkündete General Warren.

"Ja, wollten Sie das denn überhaupt?"

"Eigentlich stand mir nie der Sinn danach, das zu tun, was andere von mir fordern, doch dann fiel mir ein, dass ich ja später in diesem Beruf es bin, der anderen Befehle erteilen darf!"

"Deswegen wurden Sie ein General?"

"Und wegen meines strategischen Geschickes!"

"Mir deucht, es gab noch einen trifftigeren Grund!"

Mit solchem Zweifel konfrontiert, wurde sein Ton härter: "Ich lasse doch nicht einen dahergelaufenen Journalisten mein Leben zerpflücken!"

"Oooch", machte Jonas enttäuscht. "Und ich wollte Sie zum Star meines Urlaubsartikels über England machen."

Des Generals harsche Gesichtszüge entspannten sich deutlich. "Wenn Sie mich nicht falsch zitieren, dann stehe ich Ihnen gerne Rede und Antwort."

"Freut mich, zu hören. Sie hatten also eine harte Jugend unter einem sehr strengen Vater", holte Jonas etwas weit in die Vergangenheit aus, um nicht gleich mit der Tür ins Haus zu fallen und zum eigentlichen Thema vorzudringen.

"NEIN! Ich hatte den besten Vater, den man sich nur als Sohn wünschen konnte, ich hätte mein Leben für ihn geopfert."

"Machen wir nun einen Sprung in die neuere Vergangenheit: Was können Sie mir über GPS erzählen?"

"Wollen Sie überhaupt eine ehrliche Antwort, oder sind Sie das Angelogenwerden schon so gewohnt, dass Sie die Wahrheit gar nicht mehr verkraften?", forschte Warren.

"Heißt das, Sie könnten nichts Gutes über ihn sagen?"

"Formulieren wir es einmal so: es gibt immer solche, die eine Maschine schmieren und solche, die sie sabotieren. Entweder sind Leute Schmieröl oder Sand im Getriebe der Gesellschaft!"

"Und GPS gehörte zu den Letzteren dieser Kategorie?"

"Das Leben ist ein Schachspiel, am Ende muss sogar der König mit dem Bauer zurück in dieselbe Schachtel!" Scheinbar liebte es General Warren, sich kryptisch auszudrücken.

"An Ihnen ist ein Philosoph oder ein Politiker verloren gegangen."

"Eins kann ich Ihnen verraten: wenn man einmal reich war, in einer Villa wohnte, einen Ferrari fuhr und eine schöne Frau an seiner Seite hatte..." Hier machte er eine Kunstpause, mit glänzenden Augen, verharrte mitten in einer Geste der Indifferenz und fuhr dann verträumt fort: "Und man verliert das alles - eine schreckliche Erfahrung - und geht in sich. Durchtaucht das Tief und kommt lebend wieder heraus... Dann hat man es geschafft! Es wird einem plötzlich klar, dass man der Architekt seines eigenen Untergangs war und dann wirft einen auch nichts mehr aus der Bahn!"

Mit einem Mal fiel Jonas die Beobachtung von Fairbanks ein - komischer Kauz in Fantasieuniform! "Wenn ich Sie recht interpretiere, dann hat Ihnen GPS Ihren Reichtum irgendwie abgerungen?"

Gerade, als die Unterhaltung an Spannung gewann, unterbrach sie Lady Willow mit ihrem Auftritt. "So, meine Herren, wir speisen in wenigen Minuten. Ich wollte mich nur nach dem Wein erkundigen, den Sie bevorzugen, Mr. Jericho!"

"Äh- ach, ich schließe mich einfach der Wahl meines interessanten Gesprächspartners, General Warren, an!"

"Eine kluge Entscheidung!", stimmte sie zu und entfleuchte wieder.

"Das finde ich auch", gab ihr der General recht, folgte ihr mit den Augen bis zur Tür und wandte dann den stechenden Blick wieder Jonas zu.

"Wenn ich den Gesprächsfaden wieder aufnehmen darf, General, dann hätte ich gerne gewusst, ob Sie einen Verdacht hegen, WER GPS auf dem Gewissen haben könnte."

"Es ist nicht mein Metier, über andre Leute, die noch dazu nicht anwesend sein können, herzuziehen. Das überlasse ich lieber Journalisten!"

"Journalisten sind allerdings auf die Aussagen derer angewiesen, welche am Tatort befindlich waren, oder die sich mit den Tatverdächtigen in Verbindung befinden."

"Ich gehöre weder zu der einen Gruppe noch zu der anderen", versuchte ihm der General weiszumachen, kniff allerdings verdächtig wissend die Augen zu. Das könnte jedoch auch nur eine Taktik gewesen sein, derer er sich zu aktiven Dienstzeiten befleißigt hatte, um den Feind zu täuschen.

"Wenn nun einer SIE verdächtigt und nach Ihrem Alibi fragt, was würden Sie dann sagen?"

"Ich würde mich nicht lange mit reden aufhalten, sondern sofort zur Tat schreiten und GENUGTUUNG VON DEM FLEGEL VERLANGEN!"

"Oh-äh, aber Duelle sind aus der Mode gekommen!", erinnerte ihn Jonas.

"Bei mir keineswegs. Ich warne Sie, wenn Sie versuchen, mir etwas anzuhängen, dann reisen Sie im Zinnsarg heim!", drohte ihm der Alte ganz unverblümt.

In dem Moment kam Lady Willow hereingestürmt und rang mit den Händen, was etwas theatralisch wirkte. "OHWEH! Es ist eine Katastrophe passiert."

"Das Essen ist angebrannt!", stellte der General, plötzlich wieder stoisch geworden, fest.

"Woher wissen Sie das?", erkundigte sie sich perplex. "Riecht man es vielleicht schon?"

"Nein, aber was kann nach Ihrem Ermessen schon eine Katastrophe sein, meine liebe Freundin? Von einer echten Katastrophe hätte sogar der Schmalspur-Journalist mir gegenüber etwas mitbekommen", erklärte er und grinste dämonisch.

"Na, von so einer Kleinigkeit lassen wir uns doch nicht die Laune verderben", flötete Lady Willow, "Wie wär es mit einer Partie Domino?"

"Domino?", krächzte der General, wobei er sich mit einem langsam rot werdenden Gesicht erhob. "Ich hasse solch kindische Gesellschaftsspiele!"

"Verzeihung, ich vergaß..."

Unwillig trottete er davon, wobei er grummelte: "Ich gehe ins Schwimmbad, denn schwimmen soll man mit leerem Magen!"

Der Lady schien die Situation peinlich zu sein, sie rieb sich die Hände als wäre ihr kalt und erklärte Jonas entschuldigend: "Seien Sie dem alten Brummbär nicht böse. Er kennt nur drei Gemütslagen: latente Wut, Zorn und Rage."

"Ja, das merkt man, dass er ein ziemlich unentspannter Zeitgenosse ist."

"Selten hat er auch seine positiven Momente." Mit dem Ansatz eines Lächelns setzte sie sich auf den freigewordenen Platz des Generals.

"Zwischen Silvester und dem 31. Dezember, was?", scherzte Jonas. "Aber ganz unter uns im Ernst... Vorhin machte er vage Andeutungen sein Vermögen verloren zu haben und jetzt gab er bekannt, das Spielen zu hassen... Kann es sein, dass er all sein Geld an GPS verloren hat?" Das wäre ein tolles Motiv, dachte Jonas, der General erstach ihn in höchster Rage mit seinem Säbel oder einem Bajonett, nein, er begnügte sich mit einem popeligen Messer, um den Verdacht auf einen Zivilisten zu lenken. Und jedem, der ihn nun zur Rede stellen würde, blühte dasselbe Schicksal.

"Aber nicht doch", bestritt die Lady Jonas Verdacht vehement. "General Warren hat sein Geld im Casino verspielt. ... Allerdings war GPS dort stiller Teilhaber."

"Das ist ja hochinteressant!"

"Nicht, was Sie jetzt wahrscheinlich denken. Mit dem Mord hat er absolut nichts zu tun, für ihn lege ich meine Hand ins Feuer."

"Dabei haben sich schon viele Vertrauensselige verbrannt."

"Glauben Sie mir, der General hat es geschafft, wieder zu Besitz zu kommen." Bekräftigend nickte sie dabei.

"Darf man wissen, wie er das bewerkstelligen konnte, verehrte Lady Willow?"

"Tja, also ich weiß es nicht genau, doch ich denke, aufgrund seiner alten Verbindungen - einen Kameraden lässt man ja nicht in der Armut zurück - hat er einiges an Barschaft erlangt. Der General steht im Ruf, seine Feinde mit eiskalten Blicken getötet zu haben!"

"Dann können wir davon ausgehen, dass er sich eine Mahlzeit in einem Restaurant leisten kann oder sie sich mit seinen eiskalten Blicken ertrotzen?"

"Können wir. Spielen wir jetzt Domino? Ich kann auch noch eine Dose öffnen, wenn Sie knapp vor dem Verhungern sind!"

"Danke, kein Bedarf, ich wollte ohnehin einige Kilos loswerden. Was hielten Sie denn von GPS, Lady Willow?"

"Er pflegte im Vexierspiel zu brillieren..."

"Wie ist das zu verstehen?"

"Man sah hin und er tat etwas ganz anderes als man von ihm erwartete. Wie hieß es so schön im Film 'Jenseits von Afrika' mit Meryl Streep: Mein Mann macht mir Geschenke, aber nicht zu Weihnachten!"

"Hmmm, mit so jemand Unberechenbaren ist der Umgang schwierig."

Aus einer alten Schachtel kippte sie die Dominosteine auf den Tisch und teilte ihm einige davon zu. "Es ist so wie im Casino: man setzt auf Schwarz und dann kommt Rot und man sieht Schwarz für einen Gewinn!"

"Haha, sehr treffender Vergleich. Na, dann wollen wir mal!", stimmte Jonas zu, die Partie Domino zu eröffnen.

Die Lady hatte Glück im Spiel und gewann mit einem Freudenschrei - ähnlich einer Fanfare. Dem Reiz einer zweiten Partie widerstand Jonas und eilte zu dem ihm schon bekannten Lokal namens THE JOKER.

26. Kapitel: **Feuchtes Wiedersehen**

Sein Smartphone klingelte und Fairbanks meldete sich mit hörbar aufgekratzter Laune, wozu er auch Grund hatte.

"Hallo, Mr. Jericho! Der gute, alte Fairbanks ist wieder auf freiem Fuß. Der Super-Anwalt, den Sie für mich beauftragt haben, der ist sein Geld wert."

"Das dachte ich mir gleich und hoffte dabei, SIE könnten ihn selbst bezahlen."

"Die Hoffnung stirbt bekanntlich zuletzt. Vielen Dank noch, adieu!"

Aufgelegt, dachte Jonas, und so gut aufgelegt wie der ist, wird er wohl zuerst einen heben gehen.

Zu seiner Überraschung winkte ihn Mrs. Proudwell im THE JOKER zu sich an den Tisch, auf dem vor ihr ein volles Rotweinglas stand.

Gehorsam näherte er sich, da er annahm, dass sie sich für ihren Ausbruch in der Parfümerie entschuldigen wolle. "Schönen guten Tag, Mrs. Proudwell."

"Ebenso. Hier ist Ihr After Shave, Mr. Jericho!" Mit einem süffisanten Lächeln holte sie die Flasche aus ihrer großen Tasche und überreichte sie ihm. "Mrs. Slayton hat noch keine neue Verkäuferin gefunden und ist auch zu beschäftigt, um ihre Botengänge selbst auszuführen."

"Oh, vielen Dank, wie nett von Ihnen."

"Tja, so bin ich nun mal immer."

"Na, ich denke, nicht immer!", wandte Jonas in Erinnerung der Weindusche ein.

"Passen Sie nur auf, dass Sie vor lauter Kopfschütteln keine Nackenschmerzen kriegen", neckte sie ihn.

"Schließen wir Frieden", schlug er vor. "Woran schreiben Sie denn momentan?"

"An einem Science Fiction-Epos", verkündete sie salbungsvoll. "Der Tag, an dem sich das Universum teilte."

"Das hört sich wie der Erstling eines Autors ohne Fantasie an", sprudelte es aus Jonas ganz spontan heraus.

"Sie sind aber auch ein harter Kritiker", zischte sie ihm zu, griff sich ihr Weinglas und nippte daran.

"Naja, ich bin halt im Gegensatz zu Ihnen grundehrlich!"

Diese Aussage war leider zuviel für die leicht zu kränkende Dame. Erneut ergoss sich der Inhalt ihres Weinglases in Jonas Gesicht!

Sodann erhob sie sich mit triumphierender Miene, um dem Kellner zuzurufen: "Der Mann da zahlt, er hat schließlich auch konsumiert!" Danach rauschte sie befriedigt ab.

Was blieb Jonas anderes übrig als mit knirschenden Zähnen ihre Konsumation zu begleichen. Immerhin hatte sie ihm ja sein After Shave übergeben, welches er in der Parfümerie vergessen hatte.

Seinen über diese Schmach erlittenen Ingrimm ließ er an seiner Geisterfreundin aus, welche ihn in seinem Zimmer schon erwartete wie ein treues Haustier.

"Ich hätte mir von Ihnen schon mehr aktivere Hilfe erwartet. Alles muss ich allein machen!", beschwerte er sich bei ihr. "Sie hätten zum Beispiel öfters zu den Verdächtigen mitkommen und mir soufflieren können."

"Oh-oh, keinen Erfolg gehabt?" Ihr bleiches Antlitz nahm leicht spöttische Züge an, was ihr einen erstaunlich lebendigen Touch verlieh.

"Woher wissen Sie - na, diese Frage ist wohl überflüssig", unterbrach sich Jonas selbst. "Früher dachte ich, Geister wissen überhaupt alles."

"Nur Gott weiß alles, mein Lieber!"

"Sagen Sie mir, wo er wohnt, damit ich ihn fragen kann!"

"Mich beschleicht das Gefühl, Ihr Blutdruck ist leicht erhöht!", schätzte sie seinen Gesundheitszustand richtig ein.

"Wirklich ärgerlich, dass wir diesen infamen Messerstecher noch immer nicht gefunden haben." Während dieses Dialoges wechselte er sein Hemd und kämmte sich sein struppiges Haar.

"Dass überhaupt noch jemand zum Messer greift, um den Widersacher zu erstechen, anstatt damit giftige Pflanzen für ihn vorzubereiten", wunderte sie sich. "Spannend finde ich, dass die Leute zum Beispiel Bohnen, Petersilie oder Kartoffel essen, wo diese harmlosen Pflanzen nicht ungefährlich sind. Wenn man die richtige Dosis kennt, dann sind auch diese gewöhnlichen Nahrungsmittel giftig."

"Hochinteressant, aber leider für unsern Fall nicht hilfreich!", bemängelte Jonas ihre Lehrstunde und zog sein senffarbenes Sakko an.

"Kann es sein, dass Sie irgendjemanden, den Sie schon im Visier hatten, wieder aus dem zielenden Auge verloren?", fragte sie spitzfindig.

"Nun ja, äh-der Töpfer Blinky, der GPS Blumentöpfe machte, angeblich dafür kein Geld sah... aber deswegen wird er wohl kaum einen Mord begangen haben!"

"Oh, täuschen Sie sich nicht, mein Lieber. Es sind schon Leute wegen einer Zigarette ermordet worden!", belehrte ihn Agatha.

27. Kapitel: **Jeder Topf brauch einen Deckel**

Um zu erfahren wo sich nun die Töpferwerkstatt befindet, befragte Jonas Mrs. Phelps, die unten am Empfang des Hotels wieder über ihr Buch gebeugt saß. Eigentlich sah sie aus als wäre sie über dem Machwerk eingeschlafen, hob dann jedoch aufmerksam den Kopf.

"Zum Töpfer in sein Künstleratelier wollen Sie?", fragte sie erstaunt. "Der gehört nun wirklich nicht zu den Bewohnern, die gern Touristen empfangen, denn er ist als ruppig bekannt."

"Nein, ich äh-, IHNEN kann ich es ja anvertrauen, Mrs. Phelps, ich will ihn wegen dem Mord an Mr. Simmons ins Kreuzverhör nehmen."

"Ach, wegen dem Unfall!"

"Unfall?", wiederholte Jonas ahnungslos.

"Oh ja, er erlitt bei einem Unfall mit GPS körperlichen Schaden und war darüber fuchsteufelswild, doch glaube ich kaum, dass er ihn deswegen zur Rechenschaft gezogen hat. Wie auch immer, nehmen Sie den Bus und steigen nach drei Stationen aus. Von dort sehen Sie dann schon ein großes Schild, auf dem er seine Waren anpreist. Sehr brauchbare Waren, übrigens."

"Da bin ich mal gespannt wie ein Regenschirm!"

"Und vergessen Sie nicht, zu unsrem kleinen Hotelfest zu kommen", erinnerte ihn Mrs. Phelps, als er sich schon eilig entfernte. " Abends geht es los!"

"Ich werde es mir auf die Stirn tätowieren!"

Der geschickte Töpfer mit dem wenig fein klingenden Namen Blinky Peabody stellte sich als agiler Greis heraus. Die tiefen Falten seines verwitterten Gesichtes erinnerten Jonas an ein Satellitenbild des Grand Canyon, nur die Brille auf dieser

Gesichtslandschaft störte etwas. Sie bildete so etwas wie eine architektonische Fehlfunktion im Gesichtsgelände des Mannes. Sein hellblaues, mit Schweißflecken verunziertes Hemd, verriet Achselnässe. Diese mussten wohl der Hitze in dem Kunstatelier geschuldet sein, Blinky saß mit einer rotgestreiften Badehose an seiner Töpferscheibe. Mit seinen großen Händen fertigte der emsige Handwerker außer Vasen, Krüge, Töpfe, Schüsseln, also den üblichen Gebrauchsgegenständen, noch hübsche kleine Figürchen an, die aufgereiht zum Verkauf auf einem Regal seitlich von ihm bereit standen, ähnlich Soldaten, die auf ihren baldigen Einsatzbefehl warteten.

"Sehr formschön", bewunderte Jonas seine Erzeugnisse, rümpfte allerdings die Nase wegen des Künstlers stechenden Schweißgeruchs. "Sie verfolgen sicher die Mission, Ihre Kunden mit Ihren Werken zu erfreuen."

"Nein, ich verfolge die Mission, den Kunden meine Werke zum höchstmöglichen Preis zu verkaufen!", konterte der Töpfer, während er auf einem wackligen Hocker sitzend weiter an seiner rotierenden Scheibe eine Schüssel bearbeitete. "Am liebsten verkaufe ich an schusslige Leute, denen alles aus der Hand fällt, sodass sie bald wiederkommen."

"Sehr schlau! Lassen Sie sich von Bildern in Zeitschriften oder im Fernsehen zu diesen Kreationen inspirieren?"

"Pah, ich habe seit Jahren keinen Fernsehapparat. Vom Unglück des 11. September erfuhr ich erst am Dreizehnten!"

"Schlimm, wenn man so bescheiden lebt und doch so hart arbeitet! Da kann man schon mal auf böse Gedanken kommen!"

"Wie meinen Sie das?" Bei der Frage hob er die Augenbrauen, sodass seine Brille leicht von seiner Hakennase rutschte. Die Scheibe war zum Stillstand gekommen und er nahm die Hände von der darauf befindlichen Schüssel und wischte sie sich an seinem Hemd ab.

"Ich denke da an einen reichen Nichtstuer, der allen Luxus in die Wiege gelegt bekam!", gestand ihm Jonas ganz offen. "Und der nun mausetot ist."

"Wollen Sie etwa MICH verdächtigen?!" Der Satz war ziemlich laut ausgefallen, um nicht zu sagen, gebrüllt worden. Diese drakonische Reaktion war typisch für zu unrecht Verdächtigte, konnte allerdings auch gespielt sein.

"Seien Sie doch nicht so aggressiv!" Jonas machte eine beschwichtigende Geste. "Ich bin ja kein Ermittler von Scotland Yard, sondern nur ein Journalist aus Österreich."

"Chronisch unterdrückte Aggressionen schwächen das Immunsystem und begünstigen depressive

Verstimmungen! Daher lasse ich meinem Frust freien Lauf."

"Sie reden wie Ihr Psychiater!"

"Ich habe keinen! Das ist euch Österreichern vielleicht unverständlich, aber hier in good old England ist das nicht üblich, einem Seelenklemptner sein Innerstes anzuvertrauen."

"Nur, weil Doktor Freud in Österreich ordiniert hat und zu Weltruhm gelangte, ist es nicht üblich für uns, unser Innerstes nach außen zu stülpen! Sie sind ziemlich unfreundlich."

"Man kann nicht alle guten Eigenschaften auf sich vereinigen."

"Aber man sollte ebensowenig alle schlechten Eigenschaften auf sich vereinigen!", zahlte Jonas mit gleicher Münze zurück.

"Lassen wir das, kommen wir lieber zum Grund Ihres Besuches. Sie wollen also wissen, ob ich GPS in die Ewigen Jagdgründe geleitet habe?" Langsam stand er von seinem Hocker auf und ging zu einem Regal, auf dem eine Wasserflasche stand.

"Nach einem Unfall mit ihm sollen Sie angeblich zu Schaden gekommen sein, wie man mir erzählte." Natürlich verriet Jonas seine Informationsquelle nicht.

"Ja, er fuhr mit 100 in die Kurve und verlor die Konrolle über sein Luxusgefährt - der Rolls Royce brach leider aus und geriet gegen mein Motorrad. Mich schleuderte es mit aller Gewalt gegen einen Baum. Ihm passierte nichts, wohingegen es bei mir zu einem Nackenwirbelbruch kam. Ein Glück, dass ich nicht gelähmt bin." Nach diesem Unfallbericht nahm er einen kräftigen Schluck aus der Wasserflasche.

"War ziemlich knapp, was?"

"Er war ein lausiger Autofahrer und hätte keinen fahrbaren Untersatz haben sollen. Nicht einmal ein Dreirad, ja eigentlich nicht einmal ein Paar Rollschuhe. Der kannte nur zwei Geschwindigkeiten, wenn er hinter dem Steuer seines Luxusschlittens saß: schnell und Vollgas! Aber der dekadente Kerl wurde ja ununterbrochen gelobt und in all seinem Tun nur bestätigt. Dem hat man das Geld schon in die volle Windel gestopft. Hätte die Woche acht Tage, wäre er am achten Tag auch noch von seiner Umgebung gepriesen worden. Doch seine Mitmenschen bedeuteten ihm nichts! Wissen Sie, was er einmal zu mir gesagt hat?"

"Sicher eine Unverschämtheit!"

"Nein, er meinte: Jeder Mensch stirbt, aber nicht jeder versteht es zu leben! So war er, ein Lebemann, der sein Geld verprasste und später die Moneten seines Vaters. Wer weiß, eventuell hat er den schon vor dessen Zeit über die Klinge springen lassen."

"Stand er wegen des Unfalls mit Ihnen vor Gericht?"

"Sie scherzen wohl, hier gibt es zwei Gerichtsbarkeiten: eine für die Reichen und eine für den Rest der Menschheit. Und GPS - ich übersetze das immer mit größtes Protz-Spatzenhirn - gehörte nun mal zu den Reichen!"

"Heißt das, er kaufte sich frei? Indem er Sie auszahlte?"

"MICH? HAHAHA!!! Sie belieben zu scherzen. Er meldete den Wagen als gestohlen und zahlte jemanden, der den Diebstahl und den Unfall mit mir zugab. Das kam ihn wesentlich billiger, als mir mein verdientes Schmerzengeld zu blechen! Und ich litt höllische Schmerzen!"

"Reichte das als Motiv, ihn in die Hölle zu schicken?", forschte Jonas, der sogar Mitleid mit dem Unfallopfer fühlte, obwohl dieses scheinbar keine bleibenden Schäden erlitt und putzmunter vor ihm stand.

"Wissen Sie, ich bin Anhänger der asiatischen Weisheit, die besagt, man solle sich an einen Fluß setzen und warten, bis die Leiche des Feindes vorbeitreibt."

"Hm, passenderweise kam er ja auf seinem Boot um."

"Da sehen Sie mal, wie fein der Herr war, nicht einmal seine Leiche brauchte am Wasser zu treiben, hahahaa!"

"Ich finde es keineswegs lustig, wenn ein Mensch erstochen wird!", rügte Jonas den spontanen Heiterkeitsausbruch.

"Schadenfreude ist ja kein Delikt, oder? Und es ist die einzige Freude, die armen Leuten bleibt, wenn es einen Reichen erwischt!"

"Können Sie auch etwas Gutes über ihn sagen?"

"Ja, dass er so sterblich war wie wir alle sind!"

"Sie gehen ja ziemlich hart mit andern ins Gericht!", kritisierte ihn Jonas.

"Das würden Sie auch, wenn Sie den Fehlern dieser Widerlinge ausgeliefert wären." Auf seinem Gesicht zeichnete sich Ekel ab, den er mit einem weiteren Schluck aus seiner Wasserflasche herunterzuspülen versuchte.

"So ein harter Typus, der so souverän und überzeugend ist, hat im inneren Kern eine Verletzung erlitten."

"Sie meinen, dieser Wohlstandsverwahrloste litt in seiner Kindheit so sehr, dass es ihn freut, wenn später andere unter seiner Brachialität leiden???"

"Also ICH bin leider kein Psychiater, aber so ähnlich dachte ich es mir", gab Jonas zu.

"Mir fiel vor allem auf, dass dieser reiche Pinkel von der Stimmung seiner Außenwelt abhängig war und sich mit schönen Dingen umgab, um seine innere Leere zu befüllen." Dabei betrachtete er die nunmehr leere Flasche in seinen großen Händen, die er dann zurück ins Regal stellte.

"Und einige dieser schönen Dinge entstammten Ihrer Werkstatt, allerdings soll er Ihnen den Lohn dafür schuldig geblieben sein."

"Das, was er mir dafür schuldete, stand in keinem Verhältnis zu meinen körperlichen Beschwerden nach dem Unfall, wenn Sie es genau wissen wollen und NEIN, ich habe ihn deswegen nicht erschlagen."

"Er wurde erstochen", erinnerte ihn Jonas.

"Auch nicht!"

"Wen haben Sie denn im Verdacht?"

"Das ist nun wirklich die Sache der Polizei, ich kann nur sagen, dieser hoffärtige, eitle Kretin tendierte mit seiner Außenwirkung so stark zur Egozentrik, dass er wohl vielen ein Dorn im Auge war."

"Hm, macht Sie sein Tod nicht ein wenig glücklich?"

"Nein, ich bin nicht glücklich, aber viel zu beschäftigt, um unglücklich zu sein!"

"Ja, auch mein Leben ist inhaltsreich, nur muss ich von Berufs wegen grübeln!"

"Und ich grüble nicht lang, ich handle und fertige Kunst!"

"Das sehe ich! Obwohl manche natürlich Ihre Kunst auch für sinnlos halten, wenn ich mir diese Figuren hier ansehe." Dabei deutete Jonas auf die im Regal stehenden Figürchen, die sich seiner Ansicht nach nur als Staubfänger eigneten.

"Kunst hat sehr wohl einen Sinn, dem allerdings nicht jeder auf die Spur kommt." Mit seinem rechten Zeigefinger tippte er sich mehrmals gegen die Schläfe.

"Naja, eventuell komme ich ja dem Mörder noch auf die Spur! Wünsche noch fröhliches Schaffen", verabschiedete sich Jonas.

"Danke, Sie Schmalspur-Detektiv!"

Etwas indigniert eilte der abfällig Genannte von dannen.

Ganz unerwartet erspähte er seine Geisterfreundin auf einer Bank bei der Bus-Station.

"Ah, Mrs. Christie, ich befürchte, Sie sind etwas aus der Übung in Punkto Mordaufklärung. Der Töpfer schien mir ziemlich unschuldig."

"Sie meinen wohl unverdächtig! Das ist ein kleiner, aber feiner Unterschied", kritisierte sie ihn.

"Jedenfalls sagte mir meine Menschenkenntnis, dass wir ihn als Täter ausschließen können."

"Wie Sie meinen."

"Mich beschleicht ein unheimlicher Verdacht..."
Prüfend sah er sie an.

"Verraten Sie mir auch, welcher Verdacht Sie beschleicht, ich kann nämlich nicht Gedanken lesen!", gab sie unverhohlen zu. "Aber das sagte ich Ihnen ja schon."

"Kann sich ein Geist für den Geist einer anderen Person ausgeben? Sich als jemand verkleiden, der er nie war?"

Einen Moment stutzte sie, ehe sie begriff, dass er das Gefühl hatte, sie sei nicht diejenigewelche, für die sie sich ausgab und setzte dann ein sehr verärgertes Gesicht auf.

"Sie sind ganz schön unverschämt", schimpfte sie los, "und Sie sollten sich einer salonfähigen Diktion mir gegenüber befleißigen, wenn Sie weiter meine Hilfe beanspruchen wollen! Derartige Unterstellungen verbitte ich mir, ich mache mir extra ihretwegen die Mühe, mich vor Ihrem geistigen Auge zu materialisieren und Sie denken, ich maskiere mich nur als mich selber. Wer denken Sie denn, wer vor Ihnen schwebt? Rosamunde Pilcher?"

"Keine Ahnung... Der Leibhaftige wird es wohl nicht sein, oder?"

"Schwarzen Humor schätze ich. Sie können ganz unberuhigt sein, soviel ich weiß, ist es in der Geisterwelt nicht üblich, die Form eines anderen Geistes anzunehmen." Ihrem wieder gutmütig dreinblickenden Antlitz konnte man keinen Ärger mehr entnehmen - ganz erstaunlich, wie auch Geister die Mimik lebender Menschen ausdrücken konnten.

"Na, wenn Sie das sagen!"

"Führen Sie öfters Selbstgespräche?", fragte eine junge Dame, die vor ihm stehenblieb, ihn mit skeptischem Blick maß und in den Händen ein Sandwich hielt, welches sie vermutlich im nahen Supermarkt erstanden hatte.

"Äh-nein, ich trainiere nur für eine Theateraufführung", log er und lächelte siegessicher, denn er freute sich über seine Schlagfertigkeit.

"Aha, den jugendlichen Liebhaber geben Sie aber nicht?" Ihre linke Hand wischte sie sich an ihren Jeans ab, im rechten Mundwinkel wippte noch ein Speiserest.

"Nein, ich spiele den Omega-Mann im Hintergrund."

"Krieg ich eine Freikarte?"

"Nach dem Brexit haben wir solche Sitten leider abgeschafft", erklärte ihr Jonas und schielte auf die Geisterlady, die sich sichtlich über diese Szene amüsierte.

"Egal, ich geh sowieso lieber ins Kino!" Ohne Abschiedsgruß schlurfte sie in Birkenstocksandalen weiter.

"Dachte ich mir gleich, dass diese Frau keine kulturbegeisterte Theaterbesucherin ist", flüsterte er Agatha zu.

"Den meisten Menschen sieht man ihre Leidenschaften nicht an, mein Lieber. So wie man auch Übeltätern ihre Schlechtigkeit nicht ansieht. Oder gar ein schlechtes Gewissen."

"Jaja, ich weiß schon, und Trauer ist für einen Psychopathen nur so ein Gefühl, als hätte er den Bus verpasst."

28. Kapitel: **Der Salonlöwe**

In Jonas' Hotel kündigte ein Plakat für heute Abend ein Fest an: HERZLICH EINGELADEN SIND ALLE, DIE EINEN GUTEN BRANDY ZU SCHÄTZEN WISSEN UND SICH MIT TANZ ZU GUTER MUSIK VERGNÜGEN WOLLEN!

Es stand fest, dass wohl alle wichtigen Persönlichkeiten und solche, die sich dafür hielten, dazu antanzen würden.

Zu der kleinen feinen Veranstaltung lud Mrs. Phelps jedes Jahr zur gleichen Zeit ein, was ihre Gäste sehr erfreute und einige Ortsansässige ebenso.

Im Salon des Hotels zeigten sich Jonas alle seine Verdächtigen wie auf einer Perlenschnur aufgefädelt. Die Fotografin, der Militarist, der Töpfer, die Anwaltstochter, der Zauberer, die Schriftstellerin, die Zeitungslady, ja sogar Fairbanks - der

Untersuchungshaft dank der Hilfe des Anwalts entkommen und hier auf eine Agape aus - saßen einträchtig nebeneinander.

Mrs. Proudwell begrüßte Jonas sogar überaus freundlich: "Hallo, Häuptling Wein-ins-Gesicht!"

"Hahaha, wie originell, ich werde eines Ihrer Bücher lesen, Mylady!", versprach ihr Jonas bei der passenden Gelegenheit.

Mrs. Phelps wieselte in einem mitternachtsblauen Abendkleid mit einem Tableau voll Petit Fours herum, ihr treuer junger Page mit einem Tablett voll Sektgläser.

Hoffentlich bekomme ich diesmal keinen Sekt ins Gesicht, hoffte Jonas. Mit ausgestreckter Hand kam Fairbanks auf ihn zu.

"Danke, dass Sie mir den fulminanten Anwalt vermittelt haben. Ich stehe in Ihrer Schuld, Mr. Jericho."

Nach dem Händeschütteln meinte Jonas: "Leider stehen Sie nicht im Testament, sonst könnten Sie ihn selbst finanzieren."

"Das glaube ich kaum..." In gedämpftem Ton fuhr er fort: "Warum hat Sie die alte Pru denn als Häuptling Wein-ins-Gesicht angeredet?"

"Och, sie hat die Gabe, ihr Weinglas gern in Richtung meiner Visage zu leeren. Und das Wort ALT in Bezug auf eine Frau sollten Sie unbedingt vermeiden, das kommt nicht gut!"

Mit einem sardonischen Grinsen entgegnete Fairbanks: "Das Alter hat auch seine Vorteile. Denken Sie doch nur an die Bremer Stadtmusikanten, denen es im hohen Alter noch gelang, ein Haus zu besetzen und gegen Einbrecher zu verteidigen!"

"Sie sind mir schon einer!", flüsterte Jonas. "Ein ganz Schlimmer!"

"Von wegen! Unschuldig saß ich im Gefängnis und wissen Sie, was das Schlimmste dort ist?"

Da musste Jonas nicht lange überlegen, schließlich hatte er für seine Zeitung einmal eine Reportage über den Alltag in einem Gefängnis machen müssen und kannte daher die dort herrschende strenge Hierarchie, den Ehrenkodex unter den Insassen, die keinen Spaß verstanden, wenn einer daherkam, der ihnen nicht passte. "Die Mithäftlinge?"

"Nein!"

"Die Wärter?"

"Wieder falsch."

"Jetzt weiß ich es: die Einsamkeit!"

"PRRRT", prustete er los. "Inmitten einer derart höllischen Gemeinschaft ist man alles andere als einsam, nein, es sind die Küchenschaben, die immer wieder aus allen Ritzen kriechen und den Boden und die Wände bedecken wie eine lebende Tapete!"

"Puh, Sie Armer, naja, jetzt können Sie ja Ihre Freiheit genießen!"

"Vorläufig!", schränkte er ein und griff sich ein Sektglas vom Tablett des Hotelpagen.

Mrs. Phelps hatte ihr Tableau abgestellt und klatschte kurz in die Hände. "Attention, liebwerte Gäste! Eine große Überraschung wartet auf uns. Der kleine David erfreut uns nun mit einem kleinen Auftritt. Er gibt eine selbstkomponierte Performance auf seiner Elektrogitarre zum besten! BRAVO!"

Alle klatschten, Jonas setzte sich rasch auf einen Fauteuil und guckte nicht schlecht: der kleine David war einer der kleinen Terroristen, die er zur Ruhe ermahnte. Seine abstehenden Ohren erkannte er sofort wieder, wenn der kleine Künstler heute auch einen rostroten Anzug trug.

"Der Songtitel lautet GET LOST!", verkündete David, wobei er Jonas einen vielsagenden Blick zuwarf. Nun bestand kein Zweifel mehr, WER der Verfasser der Nachricht an ihn war.

Der Hotelpage kippte das letzte volle Sektglas auf seinem Tablett ex hinunter, sodann griff der kleine Nachwuchskünstler beherzt in die Saiten der elektrischen Gitarre und es ertönte ein gar nicht so schlechtes Getöse. Dennoch freuten sich alle, als der Angriff auf aller Zuhörer Trommelfelle nach vier Minuten und 30 Sekunden, die sich wie eine halbe Stunde anfühlten, vorbei war. Der Applaus war endenwollend, der Kleinkünstler verbeugte sich und strahlte von einem abstehenden Ohr bis zum anderen.

"Bravo, David!", zollte ihm Jonas Respekt. "Mich wundert, dass kein Glas zersprungen ist. Der biblische Riese Goliath hätte bei deiner Darbietung glatt ohne Steinwurf seine Seele ausgehaucht!"

Das stilvolle Ambiente im Salon des kleinen Hotels und die teils pompöse Aufmachung der Anwesenden, von denen alle die Mordopfer kannten, beflügelte ihn zu einer verwegenen Idee.

Schwungvoll erhob er sich von seinem Fauteuil und verbeugte sich kurz. "Ladies und Gentlemen, darf ich um Ihre geschätzte Aufmerksamkeit bitten?"

Alle drehten die Köpfe in seine Richtung und warteten ebenfalls auf eine musikalische Darbietung.

"Sie kennen doch sicher Agatha Christies Poirot?"

Ein Blick in die Runde der illustren Gästeschar zeigte ihm beifälliges Nicken.

"Dann wissen Sie sicher, dass er in solchen Situationen wie hier - mit den ganzen Verdächtigen in gelöster Atmosphäre - vor versammelter Menge eine zusammenfassende Rede hielt, in welcher er schlussendlich den Täter entlarvte, nachdem er ihm seine Tat explizit aufgedröselt hatte."

"Ach?", sagte Fairbanks. "Und Sie klären jetzt die Morde auf?"

Mit zuversichtlicher Miene nickte Jonas und sagte dann zum Erstaunen aller: "Ääääähhh ... nein!"

"Hähähäää", prustete Arthur Groves los. "Das hätte mich auch schwer gewundert!"

"Noch nicht!", versprach Jonas und zog sich zurück, wobei er erhobenen Hauptes davonstolzierte und jedem der Anwesenden bei seinem Abgang noch einen bedeutungsschwangeren Blick zuwarf. Dieser sollte dem Schuldigen, den er anwesend wähnte, seinen berechtigten Verdacht signalisieren und ihn, oder auch sie - die Schuldige, nervös machen.

"Haha", lachte Mrs. Phelps. "Das war ein Mini-Sketch unsres deutschen Journalisten Mr. Jericho. Möchte noch jemand etwas zum Besten geben?"

"Ja, ich kann einige Zaubertricks aus dem Handgelenk leiern", erklärte sich Groves bereit.

Draußen vor dem Hotel traf Jonas einen alten Bekannten wieder.

"Ah, da kommt ja unser Westentaschen-Poirot. Na? Schon eine Idee, WER der böse Mörder gewesen sein könnte?", höhnte Pringles.

Pikiert drehte ihm Jonas den Rücken zu und wunderte sich, denn der Marktschreier war gar nicht dabei gewesen, als er den Scherz mit der Auflösung gemacht hatte. Allerdings verbreiteten sich solche Angelegenheiten in einer Kleinstadt extrem schnell.

Eilends begab er sich in das örtliche Pub, um einige Promille zu tanken.

In vorauseilendem Gehorsam servierte der Wirt schwungvoll schlitternd einen Drink in Richtung des Neuankömmlings, der allerdings mitten auf dem Tresen stehenblieb. Die auf den Barhockern sitzenden Gäste schoben das Glas von einem zum andern, es näherte sich Jonas schon, doch er konnte es nicht ergreifen.

Hawkeye hatte sich in Windeseile Jonas' Glas geschnappt, goss sich dessen Inhalt in den weit geöffneten Rachen, gluckste vergnügt, um dann zwar wortlos aber geräuschvoll umzukippen.

"Ohjemineh! Dieses arme Schwein hat sich endgültig totgesoffen", stellte Pinky fest. "Wenn ich daran denke, dass der gute Kamerad bei jeder Schiffstaufe dabei war, wehmütig dabei zugesehen hat, wie sich teurer Champagner von Glassplittern eskortiert an einer schon bald rostigen Schiffswand hinunterkämpfte, um sich hernach mit seinem Todfeind, dem Salzwasser zu vermischen. Eine echte Tragödie."

Alle nickten betroffen, nur eine schrill gekleidete Frau schrie grell auf. Scheinbar hatte sie noch nie einen Todesfall in so geselliger Runde erlebt.

Nach kurzer Überlegung über die Umstände für des armen Kerls plötzliches Ableben, rief Jonas ein Wort aus, welches allerdings alle blitzartig in eine nervöse Unruhe versetzte: "GIFT!"

Mehr und mehr fühlte sich Jonas wie in einem Theaterstück, welches Elfriede Jelinek schreiben wollte, nach der letzten Szene aber wieder verworfen hatte.

Im Traum erschien ihm wieder Agathas Geist, der ihn darauf aufmerksam machte, dass just zum rechten Zeitpunkt einer ihm das Glas wegschnappte... Der Giftmörder musste anwesend gewesen sein!

"Sind hier denn alle des Lesens unkundig und wissen nicht, dass ein Strafgesetzbuch existiert, welches solch unrühmliche Taten unter emfindliche Freiheitsstrafen stellt? Ich dachte, ich hätte es hier mit normalen Bürgern zu tun." Im Traum pflegte er sich immer etwas umständlicher auszudrücken als im Wachzustand.

"Für normale Bürger wurde das Strafgesetzbuch nun einmal nicht geschrieben", wies ihn Agatha zurecht. "Sondern für Psychopathen sowie Freizeit- und Berufskriminelle."

Schweißgebadet erwachte Jonas, und erlitt den nächsten Schock, als Agatha an seinem Bettende saß.

"HUCH! Ich hatte einen Albtraum und jetzt sehe ich Sie, in Fleisch und- ach nein, Fleisch und Blut kann man ja bei Ihnen nicht mehr sagen."

"Ich hatte als Kind auch oft schreckliche Albträume", gestand sie ihm. "Sie inspirierten mich später zu meinen berühmtesten Werken."

"Gerade hab ich von Ihnen geträumt!"

"Und das nennen Sie einen Albtraum?", fragte sie entgeistert.

"Ja! Es wurde nämlich im Pub ein Giftanschlag auf mich verübt. Und Sie meinten, es wäre klar, dass ich anstatt des armen Hawkeyes das eigentliche Opfer sein und das Zeitliche segnen sollte."

"Nun regen Sie sich mal ab, mein Freund", empfahl ihm die Geisterlady und schüttelte ihr Haupt. "Sie leiden ja an Paranoia. Der arme Teufel Hawkeye verstarb an einer für jahrelange Säufer ganz normalen Leberzirrhose! Wenn das so mit Ihnen weitergeht, fürchte ich, dass Sie demnächst noch Gespenster sehen!"

"Jaja, da lächelt der Herrgott in seinen Rauschebart und wird alle Hebel in Bewegung setzen, um mir bei der Mördersuche behilflich zu sein. Ich frage bei der Polizei nach, ob sie mir wenigstens jemand mit einem halben Hirn schicken können, um den Fall endlich zu lösen", scherzte er, auch um sich selber ein wenig aufzuheitern. "Wissen Sie, was Honoré de Balzac einmal sagte? Ein verfehlter Beruf verfolgt uns durch das ganze Leben!"

"Ein Satz, wie gemacht für einen chinesischen Glückskeks. Noch dazu von einem Franzosen, also nein wirklich..."

"Haben Sie etwas gegen Franzosen, Mrs. Christie, abgesehen davon, dass sie als der Erbfeind der Briten gelten?"

"Aber nicht im geringsten, mein Freund. Ich liebe zum Beispiel die Marseillaise, ein großartiges Stück Musik. Zu ihren Klängen wäre ich sogar gegen meine Familie in den Krieg gezogen."

"Ich sehe schon, es ist aussichtslos, sich mit einer Bestseller-Autorin mit Worten bekriegen zu wollen." Mühsam stand er aus seinem Bett auf, um ins Badezimmer zu schlurfen.

29. Kapitel: **Furioses Finale**

"Irgendwie komme ich nicht weiter, mit meinen Überlegungen, alle scheinen ins Nichts zu führen." Der Eindruck, den Jonas nun frisch gewaschen und rasiert machte, schien dennoch seiner depressiven Phase zu entstammen.

Die Geisterlady kam nicht umhin, ihm ihre Meinung kundzutun. "Ihre Annahme, die Anwaltstochter hätte mit der Tat zu tun, kommt mir gar nicht so abwegig vor. Menschen, die als besonders unauffällig gelten und keine Laster zu haben scheinen, sind mitunter am gefährlichsten", dozierte sie. "Weil in ihnen oft der Wunsch steckt, sich selbst zu erhöhen - indem sie anderen Böses antun."

"Bösartig kam sie mir nun überhaupt nicht vor", protestierte Jonas, der schwer glauben konnte, eine Mutter hätte gleich drei Morde oder zumindest zwei plus einem Totschlag begangen.

"Es kann auch möglich sein, ihr Motiv beschränkte sich auf Eifersucht oder gekränkten Stolz, einfach von einem Geliebten abgewiesen worden zu sein."

"Ja, das macht schon eher Sinn...."

"Was ist diese Kathleen Harper eigentlich von Beruf? Hat sie mit Chemie oder Medizin zu tun? Denn dann würde sie über Gifte und deren Anwendung ausgezeichnet Bescheid wissen, hätte womöglich sogar direkten Zugriff darauf."

"Moment, ich befrage mein Mobiltelefon", kündigte er an und scrollte zum Linkedin-Profil von Mrs. Harper. "Volltreffer! Darin steht, sie wäre Chemikerin bei der Firma Biomakro-Düngemittel!"

"Soso, nun zur Sicherheit sollten Sie noch den Stadtplan zur Hand nehmen, um zu prüfen, ob ihre Wohnung eventuell noch in der Nähe des Hauses lag, vor dem Miss Tipsitt den Käfer fing."

"Ausgezeichnete Idee, meine Liebe! Mein Stadtplan liegt in meiner Nachttischschublade." Schnell holte er ihn heraus und nahm darin zielsicher Einsicht. "Unglaublich, die Florence-Street liegt einen Katzensprung von der Jersey-Street entfernt."

"In dem Fall sollten Sie die Lady einmal gehörig ins Gebet nehmen", riet ihm Agatha und nickte ihm aufmunternd zu.

Eigentlich wäre es ja das Klügste gewesen, sofort dem Inspektor diesen plausiblen Verdacht mitzuteilen, doch von innerer Unruhe getrieben, eilte Jonas höchstpersönlich zur Verdächtigen in die Florence-Street.

Etwas erstaunt öffnete sie ihm die Tür zu ihrer Wohnung und ließ ihn eintreten. "Oh, Mr. Jericho, Sie haben Glück mich anzutreffen, denn ich kam eben von meiner täglichen Joggingrunde heim!" Entgegen dieser Aussage trug sie kein Sportoutfit, sondern ein einfach geschnittenes braunes Kleid.

Die Einrichtung verriet exklusiven Geschmack, in ihrem Wohnzimmer stand auch ein Diorama. Liebevoll gestaltet mit einem Bonsai und einigen kleinen Häuschen. Vermutlich stand es für ihre Tochter zum Spielen da. Nach einer kurzen höflichen Bemerkung über das schöne Ambiente kam er zur Sache, noch bevor sie ihm Platz anbieten konnte.

"Nach tagelangen, von Kopfweh überschatteten Überlegungen fiel es mir dann doch noch ein, wie alles zusammenpasst bei den unnatürlichen Todesfällen."

"Da wurde viel vermischt, Wahrheit, Halbwahrheiten und Lügen, im Sprachgebrauch der Neuzeit alternative Fakten. Damit der Spannungsbogen größer wird, verstehen Sie?" Wenig beeindruckt stand sie an eine Kommode gelehnt, auf der ihre teure Designerhandtasche neben einem Paar Lederhandschuhen stand. "Sie halten sich für den großen Detektiv, aber Sie sind nur so etwas wie ein Katalysator in unsrer kleinen Gemeinde geworden."

"Ich verdächtige SIE, meine Dame, weil oft eine große Liebe auch einen großen Hass nach sich zieht. Außerdem hatten Sie aufgrund Ihres Berufes sowohl Chemiekenntnisse, die Ihnen die Giftmischung für den Skarabäus ermöglichten, als auch die räumliche Nähe von hier rasch zur Jersey-Street gelangen zu können, um dort die Falle mit dem vergifteten Käfer zu legen."

"Sollen das die einzigen Beweise sein? Mehr haben Sie nicht?" Ein überlegenes Grinsen verzerrte ihr Gesicht ins Spöttische. "Die zerpflückt Ihnen doch der dümmste Anwalt!"

"Oh, die Spurentechnik ist so weit fortgeschritten, dass sie noch kleinste verwaschene Blutströpfchen an der Kleidung finden können, die Sie, Mrs. Harper, völlig übersehen haben, denn ich nehme nicht an, dass Sie sich von Ihrer Kleidung, die Sie am Tattag trugen, getrennt haben. Die teuren Designerstücke sind Ihnen einfach zu wichtig, um sie einfach zu verbrennen."

Sie spürte die Spannung, die in der Luft lag, und senkte den Blick. "Gene war eine Geldvernichtungsmaschine und ein dominant-initiativer Typus, jemand, der seine Ziele unter allen Umständen erreichen wollte. Das gefiel mir ... anfangs!" Nachdenklich legte sie ihre Stirn in Falten.

"Da haben Sie Ihren Danse Macabre mit ihm noch genossen?"

"Nach einem Jahr voller Leidenschaft wollte er mich durch dreimal in die Hände klatschen loswerden." Bei diesem Bekenntnis klang sie noch in der Erinnerung verletzt und eine Träne lief langsam aus einem Augenwinkel über ihren hohen Wangenknochen hinab.

"Sagen Sie jetzt nur nicht, es täte Ihnen leid", warnte Jonas mit einer abwehrenden Geste. "Die Wasserleitung brauchen Sie nicht aufzudrehen, das zieht bei mir nicht!"

"Glauben Sie etwa, ich weine, damit ich seltener zur Toilette muss?" Empört wischte sie sich mit einem frenchmanikürten Fingernagel die Träne fort. "Ich fühle mich wie aus einem Familienbild herausgeschnitten."

"Ich glaube, Sie handelten spontan aus gekränktem Stolz!"

"Ja, ich tat es eruptiv, als ich zustach, wusste ich gar nicht, wie ich mich in so einen Gauner verlieben konnte! Ich habe ihn gleich zu Beginn gewarnt: wenn du mich betrügst, musst du deine Hautfarbe ändern, dein Geschlecht und das Land verlassen, und ich werde dich trotzdem finden. Er hat nichts davon getan und es mir sehr leicht gemacht!"

Und den Toten in der Nähe der Jacht haben Sie auch auf dem Gewissen, stimmt's?"

"Der Mann mit dem Bowler hatte sich mir einfach in den Weg gestellt", berichtete sie empört.

"Und der gut behütete Typ wollte sicher kein Date mit Ihnen."

"Leider hat er den Streit von uns mitgehört, nachgesehen und mich dann verfolgt."

"Darum beraubten Sie ihn sogar seiner Schuhe und Socken, um zu verschleiern, dass er demselben Täter zum Opfer gefallen ist." Agatha ist ein As, dachte er insgeheim.

"Der trug gar keine Socken!" Etwas betroffen zuckte sie die schmalen Schultern. "Er war einfach zur falschen Zeit am falschen Ort."

"Und da haben Sie ihn einfach aus dem Weg geräumt! Ohne Skrupel?"

"Nietzsche hat doch goldrichtig gesagt: Wenn du handeln willst, musst du die Tür zum Zweifel schließen."

"Der ist auch in der geschlossenen Anstalt gelandet, wo ihm die Tür zur Außenwelt versperrt war! Und Miss Tipsitt?"

"Warum sollte ich Ihnen alles erzählen?" Beiläufig zog sie sich ihre Lederhandschuhe an, so, als wollte sie demnächst bald aufbrechen.

"Reden erleichtert. Die einen suchen Absolution, die anderen Anerkennung. Immerhin handelten Sie bei Miss Tipsitt schnell und effizient, damit sie Ihnen nicht weiter bei Ihren Lieferungen Schweigegeld abpressen konnte."

"Sie wurde unverschämt. Angeblich sah sie mich das Boot verlassen, als sie auf dem Weg zu Gene war, und hörte dann den Schuss, der den Mann mit dem Bowler traf. Ich könnte mich auf ihre Diskretion verlassen, versicherte sie mir, wir Frauen müssten doch zusammenhalten!" Sie formte ihre behandschuhte Hand zur Faust. "Es war eine unselige Ereigniskette, die in Gang kam, deren einzelne Glieder ineinander griffen und mich mitrissen."

"Das eigentliche Ding ist Ihrem geistigen Ereignishorizont verborgen geblieben."

"Und das wäre?" Ihre Augen verengten sich etwas. Nun strahlte sie etwas Schlangenhaftes aus, wie eine Kobra vor dem finalen Biss in das vor ihr sitzende Kaninchen.

"Dass man das perfekte Verbrechen niemals ohne eine Spur zu hinterlassen begehen kann. Es ist reines Glück, wenn niemand auch nur eine einzige Spur, sei sie auch noch so winzig, findet. Glück, auf das man sich nicht verlassen sollte."

"In der Gesellschaft kann man nur funktionieren oder rebellieren, beides kostet Kraft. Besonders, wenn unkooperative Zeitgenossen den Weg blockieren, der einem vorgezeichnet ist. Ich glaube an Determinismus. Wir alle sind Figuren auf dem Schachbrett des Lebens und werden von wem auch immer nur hin und hergeschoben!"

"Naja, diese Art von Betrachtungsweise können Sie ja demnächst mit dem Inspektor, dem Richter und Ihren Mitgefangenen diskutieren."

"Glauben Sie denn, dass ich mich so einfach in mein Schicksal füge?" Mit einer eleganten Geste ließ sie ihre rechte Hand in die teure Handtasche einer Edelmarke verschwinden.

Oje, schwante Jonas kommendes Übel, das ist der denkbar ungünstigste Moment, dieser gefährlichen Dame unbewaffnet gegenüber zu stehen. Jetzt müsste ich Bruce Willis in 'Stirb langsam' sein: immer wenn's eng für ihn wird, flattern mindestens 100 Schutzengel herbei.

"Wenn mich auch schlimme Jahre bald in die Knie zwingen, trauere ich dennoch keinen verpassten Gelegenheiten nach und klammere mich nicht an schöne Erinnerungen. Trotz aller Zweifel und Sorgen möchte ich lieber erhobenen Hauptes mit intakten Knien und voller Tatendrang in die Zukunft schreiten."

Jonas wusste nicht, ob sie mit 'schönen Erinnerungen' die Morde meinte, und mit 'vollem Tatendrang' zukünftige Untaten, aber er ließ es dabei bewenden, überlegte noch, vor ihr zu flüchten, doch es war zu spät: er blickte in den Lauf einer kleinkalibrigen, doch nichtsdestotrotz todbringenden Faustfeuerwaffe, als sie ihre schlanke behandschuhte Hand wieder aus ihrer Tasche zog.

"OH MEIN GOTT!", entkam Jonas unvorsichtigerweise, denn es wäre besser gewesen kaltblütig zu bleiben.

"Haha, Gott hilft Ihnen nicht an einem solchen Platz!" Ein diabolisches Grinsen umspielte ihre Lippen.

So, als genieße sie diesen Augenblick und wollte ihn noch etwas in die Länge ziehen. Genau hier schien sich für Jonas eine Chance aufzutun, sein Leben zu retten.

"Mylady, Sie scheinen etwas Wichtiges vergessen zu haben", improvisierte er und überlegte fieberhaft, was das denn sein konnte.

"Ach, wirklich?" Echte Überraschung zeichnete sich auf ihren klassischen Gesichtszügen ab, während ihre Finger noch fast zärtlich den Pistolengriff umklammerten.

"Natürlich, aber Sie sind ja intelligent genug, um es zu erinnern." Bei dem Satz, der ihm gerade eingefallen war, um weiter nachzudenken können, wie er sie weiter hinhalten könnte, versuchte er sein siegessicherstes Gesicht aufzusetzen.

"Natürlich", bestätigte sie schnippisch. "Aber ich will es von IHNEN hören."

Gekünstelt räusperte er sich, um seinen folgenden Worten, die noch ziemlich lose in seinem Gehirn verweilten, mehr Gewicht zu verleihen. "Ich bin zwar kein Psychologe, doch ich weiß, dass man so etwas einen unaufgelösten Konflikt nennt."

"Falsch! Ich habe den Konflikt bereits gelöst!", behauptete sie stur.

Im Hinblick auf die bereits gewonnene Zeit wurde Jonas lockerer und gestikulierte sparsam mit ernster Miene bei seinem weiteren Sermon: "Was sie gelöst zu haben glauben, nennt die Justiz einen Mord aus niederen Motiven. Ich rede von dem Konflikt in Ihrer Seele, der noch aus Ihrer Kindheit stammt. Mit an Sicherheit grenzender Wahrscheinlichkeit litten Sie unter einem massiven Elektra-Komplex. Sie liebten Ihren Vater und mussten enttäuscht hinnehmen, von ihm nicht genügend geliebt und sogar verlassen zu werden. Darauf gründet sich Ihre Sehnsucht nach männlicher Beachtung, nach unstillbarer Liebe und einer ununterbrochenen Zuwendung! Jeder, absolut jeder, der sie Ihnen nicht gibt, oder verweigert oder entzieht, ist in Ihren Augen ein Verräter und muss liquidiert werden!"

Nun machte er eine Pause, um die Worte ein wenig sacken zu lassen, so wie er das in einem Rhetorik-Kurs an einer der vielen Wiener Volkshochschulen gelernt hatte. Sein psychologisches Wissen bezog er übrigens aus den zahlreichen Illustrierten seiner Oma, die er ebenfalls gern durchgeblättert hatte. Dort fanden sich immer interessante Ratschläge für gepeinigte Damen, die von ihren Ehemännern genug hatten. Eben wollte er wieder Luft holen, um weiter zu improvisieren, kam jedoch nicht zum Weitersprechen.

"Halten Sie Ihren dummen Mund!", herrschte sie ihn an. "Sie Wald- und Wiesenpsychologe können nur das nachplappern, was ein halbgebildeter Eierkopf unverdaut aus seiner Speiseöffnung herauswürgte, damit er sich an der Universität sein Brot verdient und neue Patienten gewinnt."

"Wieso haben Sie eigentlich Ihren Ex-Liebhaber erstochen und nicht erschossen?", fiel ihm eine Frage zu ihrer Ablenkung ein.

"Weil das Lärm verursacht, Sie Dummkopf! Praktischerweise lag sein Jagdmesser griffbereit. Und das Gafferband zum Fesseln verwendete ich nachher nur, um dramatisch von der Tat einer Frau im Affekt abzulenken!"

"Apropos Lärm, Sie reden so laut, dass mir die Ohren klingeln. Aber ich bin noch gar nicht beim eigentlichen Punkt, den Sie vergessen haben, angelangt." Wieder überlegte er, was das denn für ein Punkt sein könnte. Es musste etwas sein, das ihm zur schnellen Flucht verhalf, und zwar ohne Einschussloch in seinem schönen Sakko. Automatisch streifte er es glatt.

Völlig überraschend wurden ihre Gesichtszüge schlaff, das Unterkiefer klappte merklich herunter. "Sie sind verkabelt!"

"Na endlich ist es Ihnen eingefallen", entkam ihm erleichtert. "Sie haben sich um Kopf und Kragen geredet, aber Ihrem Herrn Papa wird es sicher gelingen, Ihnen mildernde Umstände zu verschaffen." Schon streckte er seine Hand nach ihrer Waffe aus.

Doch sie ließ ihren Arm einfach sinken und die Pistole auf den Boden fallen. "Ich muss dringend ins Badezimmer!"

"Aber bitte, tun Sie sich keinen Zwang an, wir haben Zeit!", erklärte er betont ruhig, wartete noch bis sie in ihr Badezimmer verschwunden war, hob die Waffe auf und rannte eilig aus dem Haus. Noch im gestreckten Lauf und mit einer Restangst vor dem schnellen Tod holte er sein Smartphone hervor und tippte mit ein wenig zittrigem Daumen die Nummer des Inspektors ein. In der andern Hand fühlte er die Kälte des tödlichen Metalls, welches noch vor wenigen Augenblicken kaltblütig auf ihn gerichtet war. Wahrlich, vor einer Mündung zu stehen, bedeutete kein Vergnügen!

"Hallo, hier Jonas Jericho, bitte kommen Sie schnell, ich habe die Mörderin eben zu einem Geständnis überredet, sie dachte ich sei verkabelt! Es ist Kathleen Harper, die Tochter von Anwalt Burgess! Die Adresse ist-"

"Ich kenne ihre Adresse, sie gehörte zum Kreis meiner Verdächtigen. Zufällig bin ich in der Nähe, erwarten Sie mich vor dem Haustor."

Tatsächlich dauerte es keine fünf Minuten, ehe der Inspektor mit seinem Dienstwagen und einem Kollegen in Uniform ankam. Mit einem hochzufriedenem Gesicht überreichte ihm Jonas die Waffe.

"Sie hat mich zuerst bedroht, dann offen alles gestanden und zuletzt aufgegeben! Puh!" Seelisch aufgewühlt wischte er sich die Stirn vom Angstschweiß ab.

"Haben Sie das Geständnis auf Band?", forschte Inspektor Tamzin, der die Waffe entgegennahm und an seinen Kollegen weiterreichte.

"Nein-äh, ich war ja nicht verkabelt, eigentlich dachte ich, sie würde sich mit mir zu Ihnen begeben. Ich stand Todesängste aus, als sie mir bewaffnet gegenüberstand wie der Leibhaftige in Verkleidung! Die 10.000 Pfund sind viel zu wenig dafür", ereiferte er sich, noch immer unter dem Eindruck des Erlebten stehend. "Die Frau ist ja gemeingefährlich, wie eine Kobra kurz vor dem-"

Augenrollend bremste ihn Tamzin: "Und wo ist sie jetzt?"

"Na, in ihrer Wohnung, sie wollte noch schnell ins Badezimmer, vermutlich, um sich frisch zu machen."

"Oder sich das Leben zu nehmen, Sie Anfänger!", zischte Tamzin ihm zu und eilte ins Haus, dicht gefolgt von seinem Kollegen und Jonas, der sich über seine Einfalt ärgerte, doch schließlich wurde er ja nicht jeden Tag mit einer geladenen Pistole bedroht.

Schwungvoll trat der Inspektor ohne lang anzuklopfen die Wohnungstüre ein, eilte gezielten Schrittes zum Bad und trat auch diese Tür ein. Leises Plätschern ließ Jonas annehmen, dass Kathleen ein Bad nahm. Doch als er hinter den beiden Polizisten eintrat, sah er sie voll bekleidet in einer vollen Wanne liegen, die schon überlief, wobei sich auch Blut ins Wasser mischte.

"Sie hat sich die Pulsadern aufgeschnitten", rief Tamzin und schnappte sich ein Handtuch, das neben der Wanne auf einem Handtuchtrockner hing, um der Lebensmüden den Arm damit zu verbinden. "Schnell, Sergeant, rufen Sie einen Krankenwagen."

Über Funk beorderte der Sergeant eine Ambulanz zum Wohnhaus, während Tamzin den Wasserhahn zudrehte. Kathleen hatte ihre Augen geschlossen und einen gelösten verträumten Gesichtsausdruck, als schliefe sie selig.

"Mir tut nur ihre Tochter Pauline leid", sagte Jonas betroffen. "Wie wird sie auf die Tat ihrer Mutter reagieren?"

"Welche Tochter? Ich hab sie im Zuge der Ermittlungen auf Herz und Nieren überprüft, sie hatte kein Kind."

"Aber, aber", stammelte Jonas verwirrt. "Sie hat mir doch bei unsrem ersten Treffen von den Zwangsstörungen der Kleinen erzählt."

"Das muss entweder erfunden gewesen sein, oder sie hat Ihnen ihren eigenen Lebenslauf verklickert." Tamzin schien nicht weiter besorgt über den drohenden Tod der Verdächtigen zu sein.

Entweder konnte er abschätzen, dass sie überleben würde, oder es war ihm schlichtweg egal. Der Selbstmordversuch allein würde ihm schon reichen, eine Anklage gegen sie vorzubereiten und dazu kam noch

Jonas Aussage, der sich damit die ausgelobten 10.000 Pfund redlich verdient hatte.

Als die Rettungskräfte eintrafen, schlug Kathleen die Augen auf und wollte sichtlich etwas sagen, denn sie bewegte ihre Lippen. Allerdings konnte keiner der Anwesenden auch nur einen Ton hören.

"Was?", fragte sie der Inspektor.

Angestrengt schluckte sie und flüsterte: "Ich will nicht, dass mich mein Vater verteidigt!"

"Von mir aus können Sie sich auch einen anderen Anwalt nehmen", stimmte Tamzin zu.

Der Sergeant begleitete sie in den Krankenwagen und der Inspektor stöberte noch ein wenig in der Wohnung herum.

"Na, dann haben Sie ja die Genugtuung, wieder einen Fall mitaufgeklärt zu haben", säuselte Tamzin in die Richtung von Jonas, der ebenfalls noch in der Wohnung geblieben war.

Es störte ihn zwar, dass der Inspektor 'mitaufgeklärt' gesagt hatte, denn eigentlich hatte er den Fall zusammen mit seinem hilfreichen Geist gelöst, doch er sagte nur ganz cool: "Ach ja, darüber werde ich einen Bericht für meine Zeitung schreiben."

"Schreiben Sie jedenfalls meinen Namen richtig!"

"Versprochen, Inspektor Tamburin!"

Im Hotel berichtete er brühwarm seiner Helferin aus dem Geisterreich das Erlebte, die ihm das Gefühl gab, stolz auf sich sein zu können.

"Was haben Sie nun vor, Jonas?"

"Stonehenge würde ich gerne noch besuchen, vor allem wegen der mystischen Zuordnung des Ortes..."

"Die Realität ist indifferent gegenüber unseren mystischen Zuordnungen", bemerkte sie wie immer scharfzüngig.

"Mrs. Christie, verraten Sie mir jetzt, WER Jack the Ripper war?"

"Nein, das müssen Sie schon selbst herausfinden!"

Der Tag des Abschiedes kam nach der Lösung des komplexen Falles viel zu schnell.

"Wie schade, dass Sie uns schon verlassen, Mr. Jericho", bekannte Mrs. Phelps. "Anfangs fand ich Sie etwas schwierig, muss ich gestehen, wie alle Leute vom Kontinent, doch danach wuchsen Sie mir richtig ans Herz! Es würde mich sehr freuen, Sie nächstes Jahr wieder hier begrüßen zu dürfen!"

"Ich hoffe auch auf ein Wiedersehen", beteuerte der Hotelpage, welcher sich zum Abschiednehmen neben ihr aufgebaut hatte. "Vielleicht machen wir dann zusammen einen neuen Zaubertrick!"

"Aber unbedingt", stimmte Jonas zu und entlohnte den jungen Mann mit einem fürstlichen Trinkgeld. "Sie werden mir beide fehlen, aber ich bin sicher, es gibt ein Wiedersehen!"

"Würde mich freuen, auch wenn mir andere Gäste mehr Trinkgeld zugesteckt haben als Sie!", bemerkte der Bursche frech wie immer.

Auf dem Bahnhof wartete Jonas auf den Zug, der offenbar Verspätung hatte, die er für eine Bilanz seines Aufenthaltes nutzte. Merkwürdig, dachte er, die einzige Frau, die mir ausnehmend gut gefiel, äußerte Standesdünkel, erpresste eine Mörderin und ist mausetot. Da erschien, im wahrsten Sinn des Wortes, seine Geisterfreundin neben ihm.

"Oh, Mrs. Christie! Welche Freude, Sie wiederzusehen, nach all den Schrecken, die ich durchlebte."

"Wie fanden Sie denn Ihren Urlaub hier in meiner Heimat?", erkundigte sie sich, verschmitzt lächelnd.

"Wundervoll! Herrliche Landschaft, skurrile Bewohner und noch dazu ein Batzen Geld! Also mir gefiel's!" Den Fall quasi im Alleingang gelöst zu haben, vermittelte ihm ein Hochgefühl. Das war wirklich ein Urlaub, der sich sogar finanziell noch gelohnt hatte.

"Sehen Sie, selbst eine Mörderin kann unseren Gästen den Aufenthalt bei uns nicht verderben!"

"Fahren Sie mit mir bis nach Dover?"

"Nein, ich erscheine nur nochmals, um mich zu verabschieden! Sie werden mich künftig nicht mehr sehen."

"Ochh! Auch nicht, wenn mich meine nächste Reise wieder nach England führt?"

Sie schien zu überlegen, legte den Kopf schief und meinte schelmisch: "Eventuell erschrecke ich Sie mal im Schlaf!"

The End

Das vorliegende Buch ist bereits der zweite Fall des Journalisten Jonas Jericho. Der erste Fall TODESPUNKT ist nachzulesen im selben Verlag unter: ISBN 9783749483709

Ebenfalls erhältlich und bei der Leserschaft beliebt:

Der Wahnsinn möglicherweise – Humorvoller Roman

Mörder machen Fehler – Rätselkrimis für Spürnasen

ZIVILFLUG ZUM ZEITRISS - Science Fiction Roman

EINFACH GRANDIOS – Science Fiction Satire

Terrormond Titan – Science Fiction Roman

Sherlock Holmes im All – eBook

Verbotene Gelüste – Erotischer SF-Roman

Ägyptens Fluch – Abenteuerroman

Haus mit Verstand – Roman über KI

S. Pomej hat aus Interesse an der menschlichen Natur Psychologie studiert und lässt die erlernten Störungen plus eigener Erfahrung mit kranken Zeitgenossen, die immer wieder unerwünscht auftauchen, in spannende Bücher und Kurzgeschichten sowie lustige Comic einfließen.

Website: pomej.blogspot.com

© 2020 Pomej, S.

Herstellung und Verlag: BoD – Books on Demand, Norderstedt

ISBN: 9783751980593